自来也

ガマブン太
妙木山蝦蟇ノ精霊仙素道人
自来也
油
蝦蟇油

ド純情忍伝

DOJUNJO NINDEN

自来也

岸本斉史
東山彰良

この作品はフィクションです。
実在の人物・団体・事件などには
いっさい関係ありません。

目次

人物紹介

トウ
道隠れの里の若者

チク
道隠れの里の若者

キョウ
道隠れの里の若者

葵《あおい》ザンキ
道隠れの里の忍

鰆《さわら》目《め》
道隠れの里の教師

アキト
道隠れの里のヤクザ者

風に吹き散り
無情に手折《たお》られ
踏みつけられようとも
火色の花たちよ
咲き誇れ
ひた疾《はし》れ

プロローグ

ドキドキ

はらりと着物が落ちると、彼女のなめらかな体が現れた。

「あたし、いつも思ってた……トウ、あんたがいつもあたしたちの空気をきれいにしてくれてるって」

「!」

オレは、ゴクリと唾《つば》を呑《の》む。

その瞬間、世界にはなんの悩みもなく、芳《かぐわ》しい花香《かこう》が満ちていて。

月明かりの下で見る彼女の体は、青白い炎を内側に宿しているみたいだった。長い髪が、胸を隠している。その下で、彼女の心臓も、ドキドキしているのがわかった。

そう、オレと同じように。

「いいのか……?」

「そのかわり……」目に涙をたたえた彼女が、こくんとうなずく。「痛くしたら……ぶっ飛ばすから」

オレは彼女の細い腰を抱き寄せ、唇《くちびる》を重《かさ》ねた。

また彼女が、ボンッ、とはじけて消えちまうんじゃないかって思ったけど、そうはならなかった。

彼女は、オレの口づけに応《こた》えてくれた。オレの切れた唇に、不器用に、だけどやさしく、キスをしてくれた。

オレの腫《は》れてふさがった瞼《まぶた》に唇をつけ、熱っぽいオレの額《ひたい》に額を押し当て、包帯の上からなくなった耳を撫《な》でてくれた。

震える彼女を、オレはそっと横たえた。顔にかかった髪をそっとかき上げてやる。とてもいいにおいが、鼻先をよぎった。

腹に手を置くと、彼女の唇から「あ……」という小さなうめきが漏《も》れた。

「怖《こわ》いか……？」

「ううん……平気」

「本当にいいのか……無理してんじゃ……」

「無理なんか、してない」

「……」

「あたしは……あたしは、こうしたいの」

オレが笑いかけると、彼女も泣き笑いになった。

彼女は手をのばし、オレの頬《ほお》にそっと触れた。

「でも、ひとつだけ約束して」涙目《なみだめ》で、そう言った。「お願いだから、死なないで……絶対に、絶対に、帰ってきて」

第一章

ゲラゲラ

1

樹《き》の上で身をひそめたオレは、茶屋の店先でひなたぼっこをしている年寄りたちに、狙《ねら》いをつけた。

「もうすぐ春だねえ」ひとりが春の陽射《ひざ》しに目を細め、うんとのびをする。「ほら、ウグイスが喉《のど》ならしをしてるよ」

「ああ、いい陽気だな」もうひとりが相槌《あいづち》を打った。「しかし、こんな日が来るなんてなあ、長生きはするもんだぜ」

「まあ、永遠に続く戦《いくさ》なんざありゃしねェよう」

「永遠に続く平和ってやつも、これまたありゃしねェんだろうなあ……そういや、新しい道影《みちかげ》の候補者がやっと決まったようだぜ」

「まあ、いつまでも臨時執行部に里の行政をまかせちゃおけねェよう。第一、道影がいねェなんて、外聞《がいぶん》が悪《わり》いや……で、どんなやつなんだい？」

「名前はたしか、葵《あおい》ザンキといったな……なんでも、先代の道影時代の諜報部《ちょうほうぶ》を粛清《しゅくせい》したやつなんだが、どうやら女らしいぜ」

「女？」

「目ん玉が飛び出るほどのいい女らしいが、やることぁキッチリやるって話だ」

「粛清ってのは、つまり皆殺しにしたってことだろ？」

「女だてらに、情けも容赦《ようしゃ》もないそうだ」

「しかし、なんでまた？」

「よくは知らねェが……どうやら諜報部の連中、鉏飾院《そさいいん》って術の発動条件を突き止めたのに、上に報告しなかったそうだ。そのせいで、オレら道隠《みちがく》れはあんな苦戦を強《し》いられたのさ」

「ソサイイン？　聞いたことねェな」

「禁術中の禁術だからな。ほれ、むかし沌《とん》の里を消し去った愚公移山《ぐこういざん》って禁術があったろ？　鉏飾院《そさいいん》はあれと互角の禁術らしいぜ。西の愚公移山、東の鉏飾院《そさいいん》ってなもんよ」

「どうも眉唾《まゆつば》っぽいやな」

「じゃあ、おめえは道隠れがどうやって戦局をひっくり返したってんだい？　戦死者なんざ、オレらは油隠《あぶらがく》れの三倍も出してんだぜ。それがたったの一晩で、油隠れの里は跡形《あとかた》もなく消えちまった。里がもとあった場所は、いまや砂漠になってて、草木一本生《は》えやしねェんだぜ」

「そのソサイインの発動条件を、諜報部の連中は隠してたってわけか……しかし、なんでまた？」

「さあな、頭のいい連中の考えることは、オレらにゃわかんねェよ……とにかく、そのせいで、死ななくてもいい者が大勢死んだんだ」

「それじゃあ、粛清されて当然さあね――おい、姐《ねえ》さん、抹茶《まっちゃ》を一服たのむよ」

「ついでに団子《だんご》もな――しかし、終戦からもう丸一年になるかねえ」

団子というひと言《こと》に、オレの口のなかに唾《つば》が溢《あふ》れた。もうどれくらい、甘いものを食ってないだろうか？

かっぱらいの心得《こころえ》をひと言で言うなら、目的のもの以外には手を出すなってことだ。欲張ると、ろくなことにならない。

狙いをつけたら、それを盗《と》ることだけ考えろ。集中しろ。団子、団子、団子……オレの頭のなかでは、串《くし》に刺さった団子が踊っていた。

「十五年も続いた戦だったからなあ、まだ終わった気がしやしねェ」年寄りはのんきに続けた。「そのくせ、平和なときってのは、あっという間に過ぎちまうんだ」

「しかし、あの戦、オレはてっきり油隠れの里が勝つって思ってたぜ……それがあんなふうに負けちまうなんてよ。里なんかもう、跡形もありゃしねェ。憎ったらしい敵だったが、

「それもこれも、ザンキが諜報部のやつらを拷問《ごうもん》にかけて、鉏《そ》篩院《さいいん》の発動条件を突き止めたおかげさ」

うららかな陽《ひ》だまりのなかで、ふたりは同時に溜息《ためいき》をつき、同時に抹茶をすする。

ウグイスの声が、のんびり谺《こだま》していた。

「で？　ソサイインってのはどういう字を書くんだい？」

「おい、姐さん、ちょっと書くもんを貸してくんな……よく見てろよ、こう書くんだよ」

「姐さん、団子、早いとこたのむよ……ああ、そういう字かい」

「おめえ、この『鉏《そ》』ってどういう意味かわかるかい？」

「これは『鍬《くわ》』って意味だねえ。で、『篩《さい》』ってのは『篩《ふるい》』のことかい……しかし、鍬と篩《ふるい》？　そりゃ、いったいどんな術なんだい？」

「オレにわかるわけねェだろ。ただ、発動の代償《だいしよう》に、道影様のお子らが五人とも、いいかい、五人ともだぜ！　みーんな鉏《そ》篩院《さいいん》に持ってかれちまった」

「ザンキは発動条件を突き止めたけど、代償までは調べがつかなかったんだろうなあ」

「戦の真っ最中だったからな、そこまで手がまわらなかったんだろうよ……とにかく、それが祟《たた》って、道影様もお亡《な》くなりになったんだ……戦後のどさくさで、道影様と鉏《そ》篩院《さいいん》の哀《あわ》れなもんだぜ」

契約書も、どっかにいっちまったって話だぜ」

店の娘が団子を盛った皿を持ってきたのは、そのときだった。

いまだ！

オレは枝を蹴《け》って跳《と》び、鷹《たか》のように団子へむかって急降下した。

「じゃあ、もうそんな禁術が発動されることもないねえ——あ、こらっ！」

「うわあああ！　な、なんだ、この赤毛!?」

年寄りたちが素《す》っ頓狂《とんきょう》な声を漏《も》らし、店の娘が悲鳴をあげた。

2

「へへッ、ごっそさーん！」皿ごと団子《だんご》をひったくると、オレは年寄りたちに叫び返した。

「捕《つか》まえられるもんなら、捕まえてみやがれってんだ！」

「この悪ガキめ！」茶屋の店先で、年寄りたちがわめいた。「団子ぐらい、自分で働いて買え……おい、おまわりさん！　あの赤毛を捕まえてくれ！」

通りすがりの警務《けいむ》が、すかさずクナイを飛ばしてくる。

オレは素早《すばや》く印《いん》を結んだ。

酉《とり》！

巳《み》！

申《さる》！

辰《たつ》！


「火遁《かとん》・火廻《ひまわり》！」

オレの口からほとばしった火炎が、迫《せま》りくるクナイをたたき落とした。

「今度見かけたら、ただじゃすまないぞ！」警務が腕をふりまわした。「この赤毛のドロボー猫め！」

「団子ぐらいでガタガタ言ってんじゃねェぞ！」樹《き》の上に跳《と》び上《あ》がりながら、オレは追いかけてくる罵詈《ばり》雑言《ぞうごん》を笑い飛ばしてやった。「こんなもんを買うのに、このヤイバ様が汗水垂《た》らして働くかってんだ。見てやがれ、そのうち茶屋ごと買い取ってやらあ！」

枝から枝へと跳び移りながら、団子を頬張《ほおば》る。ひさしぶりに食った甘味は、五臓六腑《ごぞうろっぷ》に染《し》みるほど美味《うま》かった。

早くみんなにも食べさせたくて、オレはスピードをあげた。破壊された建物や、崩《くず》れかけの壁に貼《は》られたポスターが、視界の端《はし》を流れてゆく。

〈葵《あおい》ザンキ　戦《いくさ》で乱れた道徳を正す！〉

いたるところに貼られているもんだから、見たくなくても目に入っちまう。どうやら、さっきのじじいどもが言ってた、新しい道影《みちかげ》候補のようだ。

オレは横目でポスターの女を追った。歳《とし》のころは、三十半《なか》ばといったところか。たしかに整《ととの》った目鼻立ちをしているけど、どことなく人を寄せつけないような印象がある。もしかすると、それは長い黒髪を一本に編《あ》んでいるせいかもしれない。そのせいで、唇《くちびる》から頬にかけての大きな切り傷が、いやでも目につくんだ。

顔の傷を隠そうともしねェ、とオレは思った。こういう女は、眉《まゆ》ひとつ動かさずに男を破滅させやがるんだ。諜報部《ちょうほうぶ》を皆殺しにしたってのも、あながち嘘《うそ》じゃねェのかもしんねェな。

目抜き通りの端《はし》まで来ると、チクがやきもきしながら待っていた。

オレが樹から跳び降りると、やつがすぐさま訊《き》いてきた。

「どうだった、トウ？」

団子をむしゃむしゃやりながら、オレは着物のなかに隠した戦利品——大根、じゃがいも、干《ほ》し魚《ざかな》、りんご、パンを地面にぶちまけた。

「へへ、ざっとこんなもんよ」とチクに団子を放り投げ、「ほら、お前も食えよ」

「こんなに盗《と》ったの？」チクは目を丸くし、それから顔を曇《くも》らせて、手のなかの団子を見下ろした。「ねえ、トウ、もうやめようよ……やっぱり盗みはよくないよ。だいたいトウはそんな頭してんだから、目立ってしょうがないよ」

「髪が赤いのは生まれつきだ」オレはやつの頭を、バシッとはたいてやった。「言っとくがな、かっぱらいは芸術だぜ。間合いをちゃんと読めなきゃ、十中八九とっ捕まっちまうんだ。どんな抜け目のねェやつでも、かならず隙《すき》ができる。そこを狙《ねら》うのよ。一瞬の勝負さ。自慢じゃねェが、かっぱらいに関しちゃ、オレは天才だぜ。七歳のころからかっぱらいをやってるけど、一度も捕まったことねェし」

「それはそうかもしんないけど……」

「それに、腹が減って死にそうだって言ったの、お前だろ？」

「だって、三日も食べてなかったから……」

「つべこべ言わずに食えよ。買ったもんだろうが、かっぱらってきたもんだろうが、胃袋に入りゃ同じさ……あと、外にいるときはオレをヤイバって呼べ」

「ヤイバって……先週まではカマイタチだったよね？　その前は、たしかフブキだったし……」

「カマイタチは、長ったらしいからやめた。昨日《きのう》から、オレはヤイバだ。お前もなんか強そうな通り名をつけろ。チクなんて、ナメられるぞ」

「ぼくはこのままでいいよ」ヘタレのチクが目を伏《ふ》せた。「死んだ父さんたちが、せっかくつけてくれた名前だし」

「くそ……これっぽっちじゃ、キョウにまた嫌味《いやみ》を言われるな」オレは団子の串《くし》を投げ捨て、「もっとなんか、かっぱらいに行くか」

「もうやめときなよ」

「なんでだよ？　黙ってても、食い物はむこうからやってこねェんだぞ」

「明日《あした》、ぼくが曲橋《まがりばし》に行くから」

「日雇《ひやと》い仕事をやるのか？」オレは鼻で笑い飛ばしてやった。「朝から晩まで働いて、いくらになるか知ってんのか？　曲橋ではした金を稼《かせ》いだところで、一日も食えやしねェんだぞ」

「それでも、他人《ひと》から盗むよりはましだよ……それに新しい道影候補は、他人のものを盗んだら腕を斬《き》り落《お》とすという法案を里の上層部に提出しているそうだよ」

「あの葵ザンキって女か？　何者なんだ？」

「ぼくも暗部《あんぶ》出身だってことしか……でも、拷問《ごうもん》のスペシャリストだった人みたいだよ」

「ケッ、そんな面《つら》してやがるぜ」

「だからね、トウ、もう盗みは……」

「捕まらなきゃいいんだよ」

「……」

「いいか、チク……世の中、なにをするにも金だ。なにかまっとうな商売がしたくても、金がなきゃなにもはじまらねェ。そんで、金ってのはまとまった額《がく》がないかぎり、食って、寝て、ボサッとしてるうちに勝手になくなっちまうんだ。金を産み出すのは、まとまった額の金だけなんだよ」

「トウが曲橋に行かない理由は、わかってるよ」チクが言った。「ひとりで働いても、ぼくとキョウを養《やしな》えないからだろ？　だから、盗みをやってんだ。でも、捕まったらどうすんのさ！」

「だーから、このヤイバ様が捕まるはずがないってーの！」

どこからともなく、痩《や》せて、薄汚《うすよご》れたガキどもがやってきて、オレたちの戦利品をじっと見つめた。ちょっと大きな男の子が、チビの妹の手を引いている。

「これ以上、ぼくたちのために……」チクは、ガキどもに気がついていないようだ。「トウにばっかり危ないことをさせられないよ」

「つまんねェ心配すんなって」オレはガキどもを見ないようにして、チクに言った。「じつは、アギトの仕事を手伝おうと思ってんだ」

「え？　あの人たちはヤクザだよ」チクは目をすがめ、「やめといたほうがいい」

「だけど、あいつらといれば、食いっぱぐれることはねェ。お前とキョウに、美味いもんを食わせられる」

「そんな……ぼくたちはそんなもの――」

「いらねえ、なんて言ったらぶん殴《なぐ》るぞ」

チクが口をつぐんだ。

「食うより大事なことなんてねェんだからな。ちゃんと食ってなきゃ、心がすさんじまうんだぞ。心ってのは、胃袋とつながってんだからな」

「それはそうだけどさ……」

「オレらは三人でひとつだ、そうだろ？」

「……うん」

「お前とキョウは頭がいい。だから、食い物の心配なんかしてねェで、ちゃんと勉強しろ。

こっから抜け出すには、それしかねェ」

「でも……」

「でもクソもねェ」

「………」

「オレは頭が悪《わり》ぃし、勉強って柄《がら》じゃねェ。だけど、お前とキョウのことだけは、ぜってーに守ってやる」

「トウ……」

「だーから、ヤイバだっての」ニカッと笑いかけてやると、チクが泣きそうになった。オレは照れ隠しに、盗品を物欲しそうに見ているガキどもに顔を振りむけた。「腹が減《へ》ってんのか、ガキ?」

チビのほうがうなずき、大きいほうがゴクリと生唾《なまつば》を呑《の》んだ。

「お前、その子の兄貴か?」

男の子のほうが、うなずく。

「名前は?」

「ヒョウキチ」

「父ちゃんと母ちゃんは?」

「……死んだ」

「いま一番なにが食いたい、ヒョウキチ？」

「ラーメン……かな」

「ラーメンか、いいな……熱々のスープにからんだ麺《めん》を、こうズズズッて景気よくすすってな」

ゴクリと生唾を呑む音がまた聞こえた。

「だけど、そうやってみじめったらしく他人《ひと》の食い物を見てても、いつまでもラーメンは食えねェぞ」

「………」

「ラーメンが食いたきゃな、自分の力でぶん取ってくるしかねェんだよ」

ガキがにらみつけてくる。

いい目だ。

だから、オレは野菜や魚やパンや果物《くだもの》をまとめて抱《かか》え上《あ》げ、兄ちゃんの腕のなかにドサッと落としてやった。

ガキどもが目をパチクリさせた。

「いいか、ガキ……自分の手を汚《よご》す覚悟がなきゃ、ぜってーに幸運なんか摑《つか》めねェぞ」オレはガキの頭をガシガシ撫《な》でてやった。「次はお前がだれかにそのことを教えてやんな」

チビがりんごや大根をガツガツと貪《むさぼ》り食《く》うその横で、兄ちゃんがうなずいた。

「やっぱりトウは、アギトたちなんかとつき合えっこないよ」

チクが自分の団子を差し出すと、女の子がにっこり笑って「ありがとう」と言った。

「どんなに悪ぶってても、きみはやさしすぎるから」

「だーから、外では――」

「はいはい、ヤイバでしょ?」

「ちぇっ」

「あはは」

「こいつらも、オレたちと同じさ」オレは言った。「まあ、食い物なんか、またかっぱらえばいいだけのことだしな」

「照れなくてもいいよ、きみは正しいことをしたんだから」

「うっせえよ」

「あの子たち……ちゃんと生きていってほしいね」

「……そうだな」

食い物を大事そうに抱えて歩き去るガキどもを、オレたちは見送った。夕陽《ゆうひ》がふたつの小さな影を、長々と土塊道《つちくれみち》に引いていた。

「なあ、チク……ひさしぶりにラーメン、食いてェな」

「そうだね」

「むかしはよ、よくキョウと三人で食いに行ったな」

「うん、三楽《さんらく》のチャーシューメンは美味《おい》しかったね」

「いつかまた食いに行けるのかな？」

「行けるよ」チクが言った。「絶対に行けるさ」

「ラーメン一杯でいいのにな」オレは言った。「オレらみてェのがゲラゲラ笑って暮らすには、そんだけで充分なのにな」

3

家に帰ると――つっても、空《あ》き家《や》に勝手に住みついてるだけだけど――キョウが風呂場で歌っていた。

父《とと》さまを呼んだらよお

姉《ねえ》やを連れてった
母《かか》さまを呼んだらよお
兄《にい》やを連れてった
鬼が来るときゃよお
よい子はおめめ閉じて
お口むすんで
ねんねしな

腹が減《へ》っていまにもぶっ倒れそうだったけど、そんなことはどうでもよかった。

「……！」

例の、バッシャー、カッポーン、という艶《なま》めかしい音が、オレにおいでおいでしていた。

考える前に、体が動いていた。どこからどう見ても、オレは健全な十六歳というわけだ。

旋風《つむじかぜ》のように家を飛び出すと、ササササッと裏庭にまわりこんだ。下草に身を伏《ふ》せ、あたりを注意深くうかがう。

異状なし。

急《せ》いては事を仕損じる。オレはゆっくりと爪先立《つまさきだ》ちで標的に近づき、風呂場の窓をそーっと押し開けた。

よし！

ゴクリと生唾《なまつば》を呑《の》み、慎重《しんちょう》に窓の隙間《すきま》に顔を近づけ、そして湯煙《ゆけむり》に目を凝《こ》らした。

「！」

湯浴《ゆあ》みをしているキョウの白い背中が見えた。長い栗色《くりいろ》の髪を頭の上に束《たば》ねている。後《おく》れ毛《げ》がひと房《ふさ》、濡《ぬ》れた首筋《くびすじ》に張りついていた。くびれた腰がなめらかに膨《ふく》らんでいくあの幸せな曲線を、オレはしっかりと瞼《まぶた》に焼きつけた。

くそ、もうちょっとこっちをむいてくれ。顔が変形するほど窓枠《まどわく》に押しつける。そしたら、もっと幸せな曲線が見えるのに！

キョウが横をむき、肩から湯をかける。湯気の立つ肌《はだ》が薄桃色《うすももいろ》に染《そ》まり、濡れた胸の谷間には、全《すべ》ての男の夢と希望と悲しみが詰《つ》まっているみたいだった。

オレの心臓は高鳴り、頭がグラグラ煮立《にた》った。

と、不意にキョウがふりむく。

「！」

「……トウ？」慌《あわ》てて首をひっこめたオレに、キョウはやさしく呼びかけた。「そこにいるの、トウでしょ？」

「あわあわあわあわ……」どうしたらいいかわからず、オレは地面に這《は》いつくばって犬みたいにくるくるまわった。「あ……オレはべつになにも……てゅーか、ふつうに紳士らしく散歩してただけで……」

「来て」

「……へ？」

「来て、トウ」

オレは固唾《かたず》を呑み、行くべきか退《ひ》くべきか、おおいに迷った。

非常に難しい局面だけど、なにもしないで後悔《こうかい》するよりは、当たって砕けたほうがずっといい。

意を決して立ち上がると、オレは正々堂々と窓の前に立った。

自分が風呂を覗《のぞ》いていたことなどすっかり忘れ、なにか使命感のようなものすら感じていた。

オレとキョウの視線が交差する。

彼女は、まっすぐにこっちをむいていた。湯煙のせいで、肝心《かんじん》なところは幻《まぼろし》のように霞《かす》んでいるけど、それでもつんと上をむいた胸の形は、かろうじて見て取れた。

キョウは体を隠そうともせずに、窓辺《まどべ》へ歩み寄った。なにもかもが、まるで夢のようだった。

「あたし、前からトウのことが……」

「言うな」

「……トウ」

「そっから先を女に言わせるほど、オレは野暮《やぼ》じゃないぜ」オレは窓枠に身を乗り出し、

「ガキのころから、お前とはいつかこうなる予感がしてたぜ」

「でも……チクは?」

「大丈夫、学校に行ったよ。オレたちはいま、ふたりきりさ」

「うれしい」

「来いよ」

彼女のはしばみ色の瞳《ひとみ》が潤《うる》み、その可愛《かわい》らしい顔を近づけてくる。頬《ほお》が紅潮《こうちょう》しているのは、湯を使っていたためばかりではないはずだ。

「トウ……」

「オレみたいな男に惚《ほ》れると、苦労するぜ」オレはうーんと唇《くちびる》を突き出した。「だけど、上手《うま》くいかない日だって、ふたりでいれば――」

「だーれが惚れるか、このどスケベ野郎!」

「……っ！」

背後の声にふりむく間《ま》もなく、頭蓋骨《ずがいこつ》が陥没《かんぼつ》するくらいの衝撃《しょうげき》が、脳天にドゴッと炸裂《さくれつ》した。

「へぐっ！」

危《あや》うく舌を嚙《か》み切《き》ってしまうところだった。

風呂場のなかにいたキョウが、ドロン、と白煙に巻かれて消える。

そのかわり、バタリと倒《たお》れ伏《ふ》したオレのうしろで、体にタオルを巻いた本体が拳《こぶし》を突き出していた。

「どっかで聞いたようなくっさいセリフ吐《は》いちゃって……言っとくけど、たとえあんたがこの世で最後の男だとしても、絶対にありえないからね」

「……………」

ううむ、分身の術か……頭の痛みと、心の痛みと、そして炎のような恥ずかしさで、オレはしばらく死んだふりをしていようと心に決めた。腕を上げたな、キョウ……。

「一日中、どこほっつき歩いてたのよ？　あんたがいないから、お風呂を沸《わ》かすのも、一苦労だったんだからね」

「オ、オレの火遁《かとん》・火廻《ひまわり》は、風呂を沸かすためにあるわけじゃ……」

「で？」と、キョウ。「今日の収穫は？」

オレは震える手で、懐《ふところ》から最後のりんごを取り出した。

「これっぽっち!?」キョウがオレの胸倉《むなぐら》を摑《つか》みあげて、ガクガク揺さぶった。「もう家の食糧《しょくりょう》は底をついてんのよ、わかってんの!?」

「うわあああああ！　ごめんなさい！　ごめんなさい！　あ、明日こそ……明日こそなんか探してきますからっ！」

「このりんご、まさか盗んできたんじゃないでしょうね？」

「ち、違います！」とっさに嘘《うそ》が口をついて出る。「お……お年寄りの荷物を持ってあげたら、くれたんです！」

「ほんと？」

「ほんと、ほんと！」

「今度また他人様《ひと》のものを盗んだら、たたき殺すわよ」

「違います！　おばあさんがくれたんです！」

「ふん」

キョウはオレを投げ捨て、さっさと「かえる板《いた》」を裏返した。

かえる板は、オレたちの身の安全を知らせ合うためのものだ。家にいるときは表にしておき、いないときは裏にひっくり返しておく。

オレたちが住んでいる界隈《かいわい》は治安《ちあん》が悪いので、チクがこの「かえる板」を考え出した。

たとえば、かえる板が表になっているのに、つまり「家にいる」ことになっているのに、そいつが家にいない場合は、悪いやつにさらわれたかもしれないということになる。

逆に、板が裏になっているのに、つまり「家にいない」ことになっているのに、当の本人が家にいたら、それは悪いやつが化けている可能性があるということだ。

「な、なんでオレの板を裏にするんだよ?」恐る恐る訊《き》いてみた。「オレ、今夜はもうどこにも出かけるつもりは――」

「学校へ行くわよ」長い髪をいつものようにツインテールにキュッと結びながら、キョウが言った。「あんた、サボりすぎよ」

「……」

「ほら、行くわよ」

「いや、オレ、今日はちょっと頭痛が……」

「もう一発いっとく?」

「ごめんなさい……すぐ支度《したく》します」

そんなわけで、オレは行きたくもないのに、ひさしぶりに学校へひっぱっていかれたんだ。

4

学校といっても、いわゆる忍者学校《アカデミー》ではない。

鰆目《さわらめ》ってじいさんが身銭《みぜに》を切って、オレらみたいな孤児のために開いてくれている、まあ、無料の夜間職業訓練所のようなところだ。忍術のほかに、男なら大工《だいく》仕事や帳簿《ちょうぼ》つけ、女なら料理や裁縫《さいほう》なんかを教えてくれる。

鰆目学校は、戦《いくさ》で焼け残った神社の集会所を教室として使っていた。

「あれ？」教室の一番前に座っていたチクが、オレを見てにっこり笑った。「珍しいね、トウが学校に来るなんて」

オレはやつのそばを通りすぎざま、頭をバシッとはたいてやった。「だーから、オレはヤイバだってーの」

同じクラスのミナミって女がガタッと席を立って、オレをにらみつけた。

「……な、なんだよ？」

「いいんだよ」チクがミナミに言った。「トウはふざけてるだけなんだから」

「あれ？」オレはチクとミナミをかわるがわる見た。「なんだ、お前ら……なんだ、この感じ？」

「なーにがヤイバよ」キョウがオレの頭をどつく。「あんたの頭んなかは、半分がバカなことで、あとの半分はもっとバカなことしか詰《つ》まってないんだから」

「なんだと、こら？」

オレはチクとミナミのことをうっちゃって、ギロリとふり返った。

男子たるもの、公衆の面前で女にコケにされたとあっちゃ、さすがに黙っちゃいられない。だから、キョウの横《よこ》っ面《つら》をひとつ張って、オレって男をキッチリ教えて——嗚呼《ああ》、そうできたら、どんなにスカッとするだろう！

「『なんだと、こら』？」口の端《はし》を凶暴に吊《つ》り上《あ》げるキョウ。「あんた、それ、あたしに言ってんの？」

「あ……いや、そうじゃなくて……『なんだか暗っ』って言ったんだよ……」

キョウが目をすがめた。

当節《とうせつ》の流行《はや》りで、彼女は浅黄色《あさぎいろ》の着物の裾《すそ》を、思いっきり短くしていた。背中まで垂《た》らした長い栗色《くりいろ》の髪は、毛先がまだ少し濡《ぬ》れている。すらりとのびたその脚《あし》を見たとたん、風呂場の光景が蘇《よみがえ》って、鼻血を噴《ふ》きそうになった。

「うん、教室がちょっと暗いような気がしたからさ……そうそうそうそう!」

キョウは虫けらを見るような目でオレを見下ろし、フンッと鼻を鳴らして、さっさと自分の席へ歩いていった。

オレはその背中に男らしく中指を突き立て、ちくしょう、ブス、ちょーしに乗ってんじゃねエぞ! と心のなかでガッツリ言ってやった。

チクがニヤニヤしてたから、やつの頭に拳骨《げんこつ》を食らわせてやった。

「やめてよ、トウくん!」チクのかわりにミナミが文句を言った。「すぐにそうやって手を出すの、よくないと思う」

「………」

チクが、大丈夫だよ、ぼくなら平気だから、とかなんとか言ってミナミをなだめた。

なんなんだ、このクラスの女どもは!

オレとチクと、それにキョウのオヤジたちは、いまのオレとチクとキョウみたいに、ガキのころからツルんでいた。いっしょに学校へ通い、いっしょに悪さをし、いっしょに叱《しか》られ、いっしょに恋をし、いっしょに戦《いくさ》へ駆り出され、そしていっしょにくたばった。

オヤジたちは、オレらにも仲良くなってほしくて、〈夾竹桃《きょうちくとう》〉って花から一文字ずつとって、名前をつけた。

夾竹桃って花には、強い毒がある。だけど、その毒を使って、人の心臓を強くする薬が作れちまう。それに、空気もきれいにしてくれる。

「なあ、トウ」ガキのころ、オヤジはよくオレにこう言ってた。「人生はきれいごとだけじゃやっていけない。だけど、忘れるな。毒は薬になるし、薬は毒にもなるんだ」

オレとチクとキョウは、ガキのころから十六年間いっしょに育ってきた。いっしょに学校へ通い、いっしょに悪さをし、いっしょに叱られ、そして戦のせいでいっしょに家族を失っちまったんだ。

教室のドアがガラガラと開き、鰆目のじいさんが入ってくる。そして、オレを見るなり、目を丸くした。

「トウさん」じいさんの顔に笑《え》みが広がった。「また学校へ来てくれる気になったのですね」

「鰆目先生よう」オレは斜《しゃ》にかまえ、「オレのことは、これからヤイバって呼んでくんな」

「……………」

「なぁに、出席簿の名前をちょいと書《か》き替《か》えてくれりゃいいんだよ」

「ヤイバ、ですか……しかし、トウさん――」

「おひけぇなすって！」腰をぐっと落とし、仁義《じんぎ》を切ってやった。「あっし、生まれも育

ち も 道隠《みちがく》れの里、物心《ものごころ》ついたときから世間様に背をむけ、任侠道《にんきょうどう》で切った張ったの毎日でございました。愛も情《なさ》けも、義理盃《ぎりさかずき》にゃかなわねえ。夾竹桃の陰《かげ》で泣いているおっかさんにゃ申《もう》し訳《わけ》ねェが、男一匹ぃいい、はぁああああ、修羅《しゅら》のヤイバたぁああ、オレのぉお――」

ゴンッ！

本日二発目の鉄拳にオレは気を失い、キョウに引きずられて一番うしろの席にぶちこまれてしまった。

「すみません、先生、授業をはじめてください」

「ありがとうございます、キョウさん」鮪目のじいさんは咳払《せきばら》いをし、「しかし、授業の前に、ちょっとお話をしておきたいことがあります。これはとても大事なことですので、トウさん、あなたもちゃんと聞いておいてくださいね」

「えー、その話、長くなんのかよ？　いいから、さっさと授業――」

キョウが足をドンッと踏み鳴らし、机に突《つ》っ伏《ぷ》していたオレは、シャキッと背筋《せすじ》をのばす。

「どうぞ、鰆目先生」キョウが言った。「続けてください」

「みなさんも知ってのとおり、この学校はわたしが個人的に開いているものです」鰆目のじいさんは話を継《つ》いだ。「しかし、新しい道影《みちかげ》候補の葵《あおい》ザンキという女は、このような教育施《し》設《せつ》を疑問視しています。わたしたち道隠れの里は、長くて苦しい戦に勝利したばかりです。多くの忍《しのび》が命を落としました。里にしてみれば、きみらのような若者を、忍として育てたいのだと思います。この学校を封鎖《ふうさ》して、きみらをアカデミーに編入するよう勧告《かんこく》してきました。きみらのなかにも、もとはアカデミーに通っていた子もいます。だからわかると思いますが、アカデミーには忍になるための過酷《かこく》な試練が用意されています。戦前だと、毎年入学者の六割が、修業中に命を落としていました。この学校でも多少の忍術は教えていますが、忍術よりずっと大切なことは、命の大切さをきちんと知ることです。葵ザンキは道隠れ至上主義者です。この里以外の人たちを、劣等人種だとみなしています。だから、自分たちが導《みちび》いてやらなければならないと主張しています。そのためには武力行使も辞《じ》さない、と。しかし、そんな考えは間違っています。敵だって、わたしたちと同じ人間なんです。わたしたちに愛する者がいるように、敵にだっているんです……きみたちとおなじように、わたし自身も先の戦で息子《むすこ》を失いました。だから、もう二度と……二度と戦など起きてほしくありません。しかし、わたしがどんなに願おうと、葵ザンキのような人間がいるかぎり、戦はまた起こります」

窓に石つぶてが当たり、オレは外に目をむけた。暗がりのなかで、アギトとその仲間たちが手招きしていた。

「そこで、まずきみたちに質問します」ひと呼吸つき、「鰆目学校に残りたいですか？　それとも、アカデミーに行きたいですか？」

「あたしは鰆目学校が好きです！」勢いよく立ち上がったのは、キョウだった。「たぶん、みんなも同じ気持ちだと思います」

クラス中がうなずく。

「ウチらは鰆目先生を、本当のお父さんだと思っています」ミナミが抜け目なくそう言った。どのクラスにもひとりはいる、先公の飼い犬のような優等生だ。「みんなこの学校に残りたいって思っているはずです」

「ありがとうございますミナミさん、それにキョウさんも……わたしも、きみらを自分の子供のように思っていますよ」そう言いながら、鰆目のじいさんは懐《ふところ》から巻物を取り出した。「もしきみらが本当にそう思ってくれるなら、わたしは里の上層部に直接掛け合ってみようと思います……きみらにお願いしたいのは、里を説得するために、この嘆願書《たんがんしょ》に署名してもらうことです。血判《けっぱん》を捺《お》すとより効果があると思いますが、如何《いかが》ですか？」

「あたし、一番に書きます」そう言うと、キョウはオレをふり返った。「あんたも書きなさいよ、トウ」

が、オレはすでに窓枠《まどわく》に足をかけているところだった。アギトたちがじれったそうに、鋭い口笛を飛ばしていた。

「ああ、悪《わり》ぃ……オレはパスだ」

「トウ!」

「トウさん……」

「だーから、ヤイバだっての」

「いいえ、あなたはトウさんです。そんな通り名を使っていると、本当のきみはその通り名に呑《の》まれてしまいます。その通り名のようにふるまい、他人を傷つけ、そして自分をも傷つけるでしょう」

「……」

「きみがそんな通り名に執着《しゅうちゃく》するたびに、わたしには本当のきみが何者かを思い出させてあげる責任があります……トウさん、わたしの考え方は受け容《う い》れられませんか?」

「鰆目先生の言うことにゃ一理あるけどさ、戦ってやつは勝たなきゃ意味ねェんだよ」オレは言った。「そのザンキってやつは虫が好かねェけど、すくなくとも道隠れの里がよそからナメられねェようにしようとしてんじゃね？」

「トウ！」キョウが突進してくる。「あんた、いい加減にしなさいよ！」

「おわっ！」オレは頭を下げて、ブンッと風を切る彼女の豪腕《ごうわん》をかわした。「危ねっ！」

「もういいですよ、キョウさん」鯖目のじいさんが悲しそうに言った。「トウさんにはトウさんの考えがあります。無理強《むりじ》いはよくありません」

「でも、先生！」

「へへへ」悪いな、キョウ、オレにも立場ってもんがあるんだ。アキトたちが見てるかもしんねェから、先公に尻尾《しつぽ》ふるわけにゃいかねェんだ。「ま、そういうこった」

オレが窓から飛び降りると、キョウもあとに続いた。

「待ちなさいよ、トウ！」

崩《くず》れかかった神社の境内《けいだい》で、オレたちはむかい合った。藪《やぶ》の陰《かげ》からアキトたちが、いったい何事かとぞろぞろ出てくる。

「あんた、まだこんなのとつき合ってんの？」キョウがアキトたちにむかって腕をふりまわした。「こいつらは人の生き血をすするダニよ！」

「言うねえ、このねーちゃん」アキトが出張《でば》ると、一味徒党がニヤニヤした。ちなみに、アキトは身《み》の丈《たけ》が二メートル近くある。「ちょっと可愛《かわい》い顔してるからって、いい気になってんじゃねェぞ」

「話しかけるな、ダニ」

「フブキの女か?」アギトがニヤリと笑うと、口からギザギザの歯がのぞいた。「そんなに怖《こわ》がらなくてもいいだろ……ははーん、さてはお前、まだ男を知らねェな?」

キョウがギロリとやつをにらみつけた。

「おいおい、なにやってんだよ、フブキ」チンピラたちが、オレのむかしの通り名を呼んで囃《はや》したてた。「てめーの女くらい、ちゃんと躾《しつ》けとけよ」

ヤベェな……オレは思った。チンピラどものエンジンがかかっちまう前に、上手《うま》くこの場を収《おさ》めないと。

「来いよ、ねーちゃん」アギトが手をのばす。「フブキが教えてくれねェことを、このアギト様が教えてやるぜ」

サッとふたりのあいだに割りこむと、オレはキョウの着物の裾をパッとめくってやった。

「キャッ!」とっさに着物の裾を押さえつけるキョウ。「な、なにすんのよ!?」

アギトが目をパチクリさせた。

「可愛い声出してんじゃねェよ」オレはゲラゲラ笑いながら、キョウを背中に隠し、アギトにむき直った。「アギトさん……こんなペチャパイに手ェつけたら、男アギトの名がすたりますよ」

「なんですってェ！」虎《とら》のようにいきり立つキョウ。「だれがペチャパイよっ！」

「こんなガキ相手にしてねェで、もう行きましょうよ」オレはさっさと先に立って歩いた。

「アギトさんには、もっとゴージャスな女じゃなきゃ。なんたって、オレらの親分なんですから」

「お、おう……」オレにそう言われて、アギトはまんざらでもなさそうだった。「それもそうだな」

「ちょ、ちょっと待ちなさいよ、トウ！」

「オレのやることに、いちいち首突っこむな」

「……ッ！」

「ガキはちゃんと勉強してりゃいいんだよ」仲間たちと立ち去る前に、オレは肩越しに言ってやった。「ほら、鯖目のじいさんが待ってるぞ、優等生」

「………」

立《た》ち尽《つ》くすキョウの姿が、ひどく物悲しかった。

あぁあ、あとでまたシバかれるんだろうなあ……。

5

アギトは十五年戦争の生き残りで、片目に黒い眼帯をしている。

噂《うわさ》では、敵の手に落ちたとき、ひどい拷問《ごうもん》にかけられたらしい。歯を一本残らず削り取られ、爪《つめ》を一枚残らず剝《は》がされ、目ん玉を片方えぐり取られても、仲間を売らなかったそうだ。それどころか、敵の一瞬の隙《すき》を衝《つ》いて、自力で脱出した。

「指の関節をはずして、縄抜《なわぬ》けをした」と、いつかアギトが言っていた。「それで印《いん》を結んで、口寄《くちよ》せ獣《じゅう》を呼んでまんまと逃げおおせたわけよ」

なのに、アギトと五人一組《ファイブマンセル》を組んでいたやつは、敵にちょいと脅《おど》されただけで、仲間の居場所を吐《は》いちまった。そのせいで、アギトの仲間はみーんな殺されちまったんだそうだ。

「嬉《うれ》しいぜ、フブキ……やっとオレの仕事を手伝う気になってくれてよ」

「あ、いまはヤイバっす」

「そうか、八重歯か……なんだかピリッとしねェ通り名だが、まあ、お前が好きならそれでいい」

「あ、八重歯《やえば》じゃなくて、ヤイバ……」

仲間たちが、よろしくな八重歯、頼りにしているぜ八重歯、これからはみんな兄弟分だぜ八重歯、と口々に言った。

バカばっかりだ！　オレは思った。オレも、せいぜいこいつらの一員に、なりきらなきゃな。

「今日はお前の歓迎会だぜ、八重歯」アギトがオレの肩にぶっとい腕をまわす。やつが笑うと、まるで鮫《さめ》のようなギザギザの入れ歯が光った。「酒も女もたっぷり用意してっからよ、楽しんでってくれや」

オレらは肩で風を切って、ネオンがまたたく里の目抜き通りを練《ね》り歩《ある》いた。

「あらあ、素敵なお兄さんがたねえ！」飲み屋の女たちが、黄色い声をあげてオレらの袖《そで》を引く。「ちょっと飲んでいきなよ、ウチの店はいい娘《こ》がそろってるよ！」

「今夜は、新しい道影《みちかげ》候補が決まったお祝いだよ！　特別に安くしとくからさあ！」

仲間のひとりがふざけて客引き女に抱きつくと、みんながどっと笑った。

どこかで怒鳴《どな》り声《ごえ》がし、どこかで音楽が流れ、どこかで犬が吠《ほ》えていた。夜空にかかった朧月《おぼろづき》さえも、うっすら酔っぱらっているように見えた。

アギトを見かけると、だれもがそそくさと道を開けていく。

油断《ゆだん》していると、自分がエラくなったような気がしちまう。オレは気を引《ひ》き締《し》めた。だって、ヤクザ者になるつもりなんか、さらさらないからな。

連れていかれたのは、オレも何度か出入りしたことのある、アギトたちの隠れ家だった。戦《いくさ》で半壊した無人の雑居ビルに、アギトたちは無断で住みついている。そこで飲んだり、食ったり、寝たり、人を痛めつけたりしているんだ。

階段をのぼり、外廊下を渡り、部屋に入ったとたん、オレは凍《こお》りついた。てっきり、ピンク色の光のなかで、透《す》け透《す》けのドレスを着た女たちが待っているのだと思っていた。

そんなものは、どこにもなかった。

薄ら寒い部屋のなかで、血まみれの男がひとり、天井からぶら下がっていた。

「えーっと……今日はオレの歓迎会って話じゃ……」

「ここじゃねェよ、バカ野郎」アギトがオレの背中をどついた。「パーティは奥の部屋さ」

言われてみれば、たしかに奥の部屋から女たちの笑い声が聞こえてくる。

が、オレはそれどころじゃなかった。鎖《くさり》で吊《つ》り上《あ》げられている男から目が離せなかった。

「そいつはオレらのシマを荒らしやがったんだ」だれかが言った。「ぶっ殺して、やつらのシマに捨ててこようって話してたところさ」

「……へ？　こ、殺しちゃうの？」

「この商売、ナメられたら仕舞《しま》いだからよ」

「そんな、だめっすよ！」思わず叫んでしまったオレに、全員の視線が集まった。「ああ……えーっと、殺しちまうのはどうかなあって……」

「ほう」アギトがニヤリと笑った。「なんか考えがあんのか、八重歯？」

ヤクザ者たちが、底光りのする昏《くら》い目で、じっとこちらを見ている。

「いや、そりゃオレだってアギトさんに上等切るやつは、ぶっ殺すべきだと思いますよ……だけど、ここで殺しちまうのはもったいないなあって……うん」イヤな汗をかきまくっていた。「つ、つまり……それじゃあ、アギトさんの恐ろしさが伝わんねェと思うんすよねえ……それより、生かしときゃ、こいつがアギトさんの恐ろしさを宣伝してくれるんじゃねェかなあ……そうそうそう！」

「ふむ」アギトは思案顔《しあんがお》になり、「言われてみりゃ、たしかにそうだな」

「でしょ！」と、オレ。「じゃあ、オレがこいつをどっかに捨ててきますよ！」

あっけに取られているチンピラたちを後目《しりめ》に、オレはさっさと男を降ろし、肩に担《かつ》いで表に連れ出した。

「やい！　アギトの兄貴をなめんじゃねェぞ！」うしろをふり返りふり返りしながら、そのへんをテキトーに蹴飛《けと》ばす。それから声をひそめて、素早《すばや》く言った。「ほら、お前も悲鳴をあげろ」

「……え？」

「ほら、早く」

「ギ、ギャー……？」

「もっと感情をこめろっ」

「ギャー！　ギャー！」

「そうそう、その調子」オレはゴミ箱をひっくり返し、派手な音を立ててやった。「てめェ、二度とこのへんをうろちょろすんじゃねェぞ！」

「ギャー！」

　アギトが顔を出したので、オレは男の胸倉《むなぐら》を掴《つか》み上《あ》げて、ガクガク揺さぶってやった。

そう、キョウがいつもオレにやるように。

「次に見かけたら、ぶっ殺すぞ！」

　それを見て、アギトは満足そうにうなずき、また雑居ビルのなかへとひっこんでいった。

「さあ、早く行け」オレは鋭く言った。

「す、すまねェ……」

「アギトはろくなもんじゃねェ……もうかかわるな」と耳打ちしてから、走り去る男の背中にわざとらしく怒鳴ってやった。「ケンカなら、このヤイバ様がいつでも買ってやるぜ！　ガッハッハッハ！」

6

奥の部屋は、夢にまで見た酒池《しゅち》肉林《にくりん》のパラダイスだった。

ほとんど裸《はだか》同然の女たちが、一ダースほどいた。つまり着物の丈《たけ》なんか、「それならいっそのこと、裸のほうがヤラシくないよ」と言ってやりたくなるほど短い。例の、あっは～ん、うっふ～ん、が部屋中に満ちていた。

天国だ。

金さえあれば天国だって買えるんだって、オレはあらためて思い知った。

なのに、どうしても楽しめなかった。

たぶんそれは、さっき見た血だるまの男のせいだろう。あの光景がオレに植えつけたのは、天国の入り口には、地獄がぽっかり口を開けているということだった。

「楽しんでるか、八重歯《やえば》？」酒臭《さけくさ》い息をぷんぷんさせたアギトが、オレの横にドサッと腰を下ろす。「気に入った女がいたら……ヒック……遠慮なく持ってけよ」

オレはまったく口をつけてない酒盃《しゅはい》を見つめながら、おしるし程度に頭を下げた。

「ちょうどいま、人手が欲しかったところなんだ」

「はあ……」

「隠し財産の話、知ってるか？」

「……」

「十五年戦争も終わりかけのころ、道影《みちかげ》が戦費としてとっておいた莫大《ばくだい》な金を、里のどっかに隠しやがったらしいんだ」

「マジすか？」

「一年前、ほとんど負けが決まってたオレら道隠《みちがく》れが、どうやって油隠《あぶらがく》れを打ち破ったと思う？」

オレはかぶりをふった。

「道影が鉏《そ》餰院《さいいん》を呼び出したのよ」

「ソ、ソサイイン？」どっかで聞いたような……あっ、団子《だんご》をかっぱらったじじいどもが、そんなことを話してなかったっけ？「なんすか、それ？」

「詳《くわ》しいことは……ヒック……だれにもわからねェ」酒がアギトの口をなめらかにしていた。「禁術らしいんだが、術をかけられた油隠れの里はいまじゃ砂漠になっちまってる。

生き残りもいねェ。道隠れの里の公式発表じゃ、油隠れはある禁術を復活させようとして自爆したってことになってるよな？　ありゃ嘘《うそ》だ。本当は道影の鉏餝院《そさいいん》に全滅させられちまったのよ」

オレはうなずいた。

「その鉏餝院《そさいいん》って禁術は謎に包まれてる。発動条件も、代償《だいしょう》も……ヒック……なにもわかってねェ。代償は術者の命だって言うやつもいるし、代償なんかねェって言うやつもいる。術者の末代までの子孫の命だって話も聞いたことがある」

「けど、そりゃおかしくないですか？」

「なにがだ？」

「もしそのソサイインを発動する代償が、術者と血のつながりのある子供全部だとしたら、術者の血筋はそこで根絶《ねだ》やしになるわけじゃないすか？　末代どころか、孫の代だってなくなっちゃいますよね？」

「だーから、だれにもわかってねェんだって」アギトは舌打ちをし、「道影にだってわかっちゃいなかった。で、もしかしたら鉏餝院《そさいいん》を発動する代償は、金かもしんねェって考えたんだろうな……ヒック……とにかく、道影は鉏餝院《そさいいん》にくれてやる莫大《ばくだい》な金を用意していた。だけど、鉏餝院《そさいいん》を発動する代償は金じゃなかった。道影の五人のガキがその代償だったのよ。その道影もくたばっちまった。だとしたら、道影が用意した金はどこにある？」

オレはゴクリと唾《つば》を呑《の》む。

「そうよ、オレはその隠し財産を狙《ねら》ってるのよ」酔眼朦朧《すいがんもうろう》としたアギトが、オレの肩を摑《つか》んで揺さぶった。「でな、お前にちょっとやってもらいてェことがあるのよ」

第二章

クタクタ

1

家に帰りついたのは、翌日の昼近くだった。

飲めもしない酒を飲まされ、吸いたくもない煙草《たばこ》を吸わされ、イチャつく気にもなれない女たちと一晩中イチャついていたせいで、オレはクタクタだった。

頭は靄《もや》がかかったみたいに霞《かす》み、瞼《まぶた》は支《ささ》えきれないくらい重たい。ただただベッドにぶっ倒れて、泥のように眠りたかった。

それなのに、家でオレを待っていたのは、凜《りん》と正座をしたキョウだった。

「ずいぶん楽しかったみたいね」

「ほら」オレは昨夜の宴会の食べ残しをキョウにやった。「お前の好きな鮎《あゆ》の塩焼きもあるぞ」

「これであんたも立派なチンピラね」

オレは無言で彼女をやり過ごし、かえる板《いた》をひっくり返し、自分のベッドにバタリと倒れこんだ。

このままこの世の終わりまで眠れそうだった。

「へぇえ、いい御身分だこと」キョウのやつが耳元でギャーギャーわめいた。「朝帰りして、そのまま寝てていいんだ？　仕事は？　チクは曲橋《まがりばし》に行ったわよ。あんたもアギトみたいに、だれかを痛めつけに行かなくていいの？」

「……」

「わっ、酒臭《さけくさ》っ！　それに、なにこれ？　ふぅん、香水のにおいか……さぞやいい思いをしたんでしょうねえ、ヤイバ兄貴？　どんな女がいたの？　どうせアギトが金にあかせて、里中の娼婦《しょうふ》をかき集めてきたんでしょうけど」

「あのなあ……」オレはガバッと身を起こした。「オレがどんな女と遊ぼうが、関係ねェだろ」

「じゃあ、やっぱり遊んだんだ？」

「悪《わり》ぃかよ！　たとえオレがこの世で最後の男でも、ぜってーにありえねェっつったの、そっちだろ？　言っとくけど、オレは十六の健全な男なんだよ。据《す》え膳《ぜん》があったら、きれいにたいらげてやるぜ！」

「……」

「な、なんだよ……そんな顔しても、怖《こわ》かねェや」

キョウの頬《ほお》に赤みがさし、その大きな目に涙が膨《ふく》らんでいった。

「……遊んだの？」

「え？　ああ……」オレはあたふたと目を泳がせちまった。「あ、遊んだとも！　ああ、遊んだともさ！」

ひと粒の涙が、キョウの頬をつーっと流れ落ちた。

「へ？　……ちょ、なに……」

静かに立ち上がった彼女の肩から、着物がハラリと落ちる。

「……なっ！」オレは、薄暗い部屋にたたずむキョウの青白い体から目が離せなかった。

「な、なにやってんの、お前……？」

「ありえなくないもん」

「………」

「あたしとトウは……ありえなくないから」

「キョウ……」

オレはベッドから立ち上がり、キョウのなめらかな腰を抱き寄せる。

しっとり濡《ぬ》れた瞳《ひとみ》で、彼女は一途《いちず》にオレを見上げた。その肌《はだ》は微熱をおび、心臓の鼓動が伝わってくるようだった。

キョウが目を閉じると、睫《まつげ》毛の長さにあらためて驚く。りんごのように赤い唇《くちびる》を少しだけ開くと、甘い吐息《といき》が漏《も》れた。

オレはゴクリと生唾《なまつば》を呑《の》み、彼女の両肩を摑《つか》まえる。い……いただきます！

が、嗚呼《ああ》、むべなるかな……そのぷっくりした唇を熱い口づけでふさごうとした次の瞬間、またしても彼女の体がボンッと白煙に消え、オレの頭にかかと落としがドゴンッとめりこんだのだった。

「むぎゅっ！」

「いつも同じ手にひっかかるなんて、あんた、バカ？」

で、ですよねえ……。

頭からシュウシュウ煙をあげながら、オレは床にバタリと倒れた。もしかすると、オレって本当に阿呆《あほう》なのかもしれない。

「これまでのあんたもありえなかったけど」キョウが吐《は》き捨《す》てるように言った。「アギトみたいなやつとツルんでるあんたは、もっとありえないから」

ちくしょう、オレは心のなかで叫んだ。オレだって、あんなやつらとツルみたかねェや！

死んだふりを決めこんでいるうちに、そのまま眠りこんでしまった。イヤなことがあったときは、寝ちまうにかぎるんだ。

ガキのころの夢を見た。

十五年戦争のあいだじゅう、死はいつも間近にあったけど、あのときほどオレたちが死に近づいたことはなかった——

2

その朝、まだ眠っていたオレたちは、油隠《あぶらがく》れの忍《しのび》たちに家から狩り出された。まだ夜も明けきってなくて、青みがかった朝靄《あさもや》が里に流れていた。

敵の忍たちはオレたちを里の広場に集めた。オレとキョウとチクは、体を寄せ合って小さくなっていた。オヤジたちはその前の年に戦死していた。

里の人たちは餓《う》えていた。食べるものなんかなにもなくて、オレたちは運がよければネズミや蛇《へび》や虫を食うことができたが、たいていは草の茎《くき》や根っこでなんとか餓えをしのいでいた。

「怖《こわ》がることはありませんよ」敵のリーダーがにこやかにそう言った。丸々と太った血色《けつしょく》のいい男で、腹一杯食って、毎晩ぐっすり眠っているような感じだった。「あなたがた一般人をどうこうするつもりはありません」

オレたちは、そいつの言葉に耳を澄ませた。

「もうわかっていると思いますが、この戦《いくさ》、間《ま》もなく我々油隠れの勝利で終結します。わたしたちはおたがいに、この数年間、激しい痛みに耐えてきました。だれもが愛する者を失いました」ここで言葉を切り、わざとらしく目頭《めがしら》をぬぐったんだ。「しかし、過去にばかり囚《とら》われていては、前へ進めません。わたしたちは両里の未来のために、今日《きょう》、あなたがたにちょっとした提案をさせていただきます」

里の人たちがザワつき、そわそわと顔を見合わせた。そいつの言うとおり、戦況は最悪だった。オレたち道隠《みちがく》れが降伏するのは、時間の問題だった。

「じつは今後、このような悲劇が二度と起こらないように、わたしたち油隠れの里は、あなたがた道隠れの里と合同でアカデミーを開こうと思っているのです。今日は、新しくつくるアカデミーに入ってもらう新入生をスカウトに来ました」

太った男がそう言うと、敵の忍たちがリヤカーを牽《ひ》いてやってきた。

「！」

オレたちは目を見張った。カラカラに乾《かわ》いていた口のなかに、唾《つば》が泉みたいにあふれた。

肉、魚、鶏《とり》、パン、団子《だんご》、大福、果物《くだもの》、野菜——リヤカーには、食い物がこぼれるほど積んであった。そんなリヤカーが、何台も、何台も、オレたちの目の前に並べられた。

「忍たるもの、体力勝負です」無造作《むぞうさ》に骨付き肉を取り上げると、太った男は肉にかぶりついた。「まずはたっぷり食べていただき、体力をつけてもらわなければなりません。しかし、食べ物は無限ではありません。ですから、今日は選抜試験を行おうと思っているのです。忍の素質ありと認められた者は、晴れて油・道合同のアカデミーの第一期生となることができます」

オレたちの目はひとつ残らず、食い物に釘《くぎ》づけになっていた。

チクは何度も生唾《なまつば》を呑《の》んだし、それはオレも同じだった。キョウは血走った目で、なにかに取り憑《と》《つ》かれたみたいにリヤカーを見ていた。

「あそこに的《まと》が見えますね？」

太った男の太った指がさしたのは、三十メートルほど離れた樹《き》に打ちつけられた的だった。

「いまからクナイを投げてもらいます。クナイをちゃんと的に当てられれば、素質ありと見なします」

「！」

「じゃあ……もしはずしたら？」だれかが、おずおずと尋《たず》ねた。

「残念ですが……」太った男は憐《あわ》れみたっぷりに首をふり、「そのような方の面倒を見ている余裕はありません」

忍たちの指示で、オレたちは一列に並ばされた。オレとチクとキョウは、列の真ん中あたりにいた。

的にクナイを当てることさえできれば、あの食い物がオレのものになる――オレの頭のなかには、そのことしかなかった。

そして、選抜試験がはじまったんだ。

最初の男がクナイを三回投げ、三回ともはずした。

「も、もう一度やらせてくれ！　三日もなにも食ってなくて、力が入らなかったんだ……オレはこう見えても、忍術の心得《こころえ》があるんだ！」

敵の忍たちは、すがりつく彼を追い払った。

次の男は三回投げて、二回的に当てた。

「お見事」太った男が言った。「あなたは食べ物をもらってください」

素質ありと認められた男は、両手で肉を掴《つか》んでガツガツ貪《むさぼ》り食《く》った。もう明日《あした》なんかないんだ、という感じで。

「オレがぜってーに当ててやる……」オレはキョウとチクに宣言した。「お前らもはずすなよ」

キョウがうなずいた。

チクは無反応だった。

選抜試験はつつがなく進んでいった。

三回中二回成功すれば、合格だった。合格したやつらは、まるで砂糖に群《むら》がるアリのようにリヤカーに群がっていた。不合格になったやつらは、忍たちに野良犬のように追っ払われた。

一度、不合格になったやつが、錯乱してリヤカーに突っこんでいった。食い物だ！ 食い物だ！ と叫びながら。だけど、たちまち背中にクナイが何本も刺さって、死んでしまった。太った男が倒れたやつを見下ろして首をふった。

追い払われた者たちは、いつまでも未練たらしく広場に居残り、リヤカーの食い物を貪り食う合格者たちを遠巻きに眺めていた。

あと三人でオレの番がまわってくるというとき、チクがオレの耳元で鋭くささやいた。

「はずして、トウ」

「……？」

オレには、チクの言ったことがぜんぜん理解できなかった。

「的に当てちゃダメだ」いつもは優柔不断《ゆうじゅうふだん》なチクが、このときばかりはオレから目をそらさなかった。「やつらは身を潜《ひそ》めている道隠れの忍を炙《あぶ》り出《だ》すつもりなんだ」

「！」

「でも、そんな……」キョウがうろたえた。「でも、どうせ飢《う》え死《じ》にするなら……あたしは、あたしは……」

「やつらの立ち位置をよく見て」チクが言った。「リヤカーを取《と》り囲《かこ》むようにして立っている。ボクにはやつらがなにかを警戒しているように見える。もしボクたちを迎え入れるつもりなら、あんなふうに警戒する必要はない」

「それは……」チクの言うとおり、やつらはなにかを警戒しているふうだった。だけど、それを正しく理解するには、オレたちはみんな腹が空《す》きすぎていた。「それは、不合格になったやつが食い物を奪《うば》いに来るかもしんねェから……」

「とにかくはずして」チクは頑《がん》として譲《ゆず》らなかった。「キョウも、絶対に当てちゃだめだ」

「……」

敵の忍がどよめく。

見ると、オレのふたり前の男が、クナイを三本とも的のど真ん中に集めていた。

「素晴らしい！」太った男が、ホッホッホ、と笑った。「彼にはたっぷり食べていただきましょう」

その男は悠然《ゆうぜん》とリヤカーのほうへ歩いていき、ほかの人たちを押しのけ、鶏の丸焼きにかぶりついた。

「なあ、チク……考えすぎだって」オレはチクに言った。「この戦、どうせオレらの負けだろ？　油隠れがいまさらオレらを殺す理由がねェじゃん」

キョウが強くうなずいた。

オレのすぐ前の男は一本しか当てられず、敵の忍に背中を押されて広場から出された。

「次！」

その声に、真っ先に反応したのは、チクだった。オレをかわして前に出ると、チクはさっさとクナイを受け取ってしまった。

「チク！」オレとキョウの声が重《かさ》なった。

チクは肩越しにふりむき、しっかりとうなずいた。それからクナイを投げ、見事に三本ともはずした。そして忍に追い払われる前に、自分からさっさと広場を出ていったんだ。

胸を張って。ふり返ることもなく。

「次！」

オレとキョウは顔を見合わせた——

3

薄目を開けたオレの視界を、桜の花びらがヒラヒラと横切っていく。

どれくらい眠っていたのか、開け放った縁側《えんがわ》からは黄昏《たそがれ》の光が射《さ》しこんでいた。

「目が覚めた？」

半身を起こすと、体に毛布がかけられていた。

「ずいぶんうなされてたわよ」ちゃぶ台に夕餉《ゆうげ》を並べながら、キョウが言った。夕餉といっても、蒸《ふ》かしたサツマイモと、キョウが河原で摘《つ》んできた菜《な》の花《はな》が入った吸い物だけだが。「心にやましいことがあるからよ」

「……チクは？」

「まだ帰ってきてない」

「そうか……」

「どうしたの、トウ？」キョウが心配顔で言った。「どこか具合が悪いの？　顔が蒼《あお》いわよ」

オレは夕暮れに舞う桜をぼんやりと見つめ、それから口を開いた。

「ガキのころ……油隠《あぶらがく》れの忍《しのび》どもに殺されかけたことがあったろ？」

キョウがやってきて、オレのそばに正座をした。

「食い物をどっさり積んだリヤカーを見せつけて、オレらにクナイを投げさせたときさ……あんとき、チクがいなきゃ、オレとお前は殺されてたよな」

「そうね……あんたまではずすから、びっくりしたわ」

「道隠《みちがく》れの忍だと判断されたやつらは、みーんな殺されちまった……まあ、死ぬ前にせめてたらふく食えたことだけが、唯一《ゆいいつ》の慰《なぐさ》めだ」

「あのときの夢を見てたの？」

「オレらはチクにでっけェ借りがあるんだ」

「そうね」

「あいつはスゲェやつだよ」オレは言った。「あんとき、あいつだって何日も食ってなかった。それでも冷静に状況を分析して、オレとお前を救ってくれたんだ」

キョウがうなずく。

「オレがかっぱらいをやると、あいつはいつも困ったような顔になるんだ」

「……」

「それでも、オレはチクやお前にひもじい思いをさせたくねェ……腹が減《へ》ると、オレらはオレらじゃなくなっちまう。簡単に悪《わり》ぃやつらに操《あやつ》られちまう。そんで、食い物を盗むよりかもっと悪ぃことをやらかしちまうかもしんねェ。オレは……オレはお前らに、お前らのままでいてもらいてェんだ。そのためなら、なんだってやってやる」

短い沈黙のあとで、キョウが言った。「あたし……知ってて食べてる」

「……」

「あんたにだけ盗みをさせて……そんなあんたを責《せ》めて、自分だけが正しいふりをして、自分だけがいい子のふりをしてるの」

「キョウ……」

「あんたがいなきゃ……あんたが汚《よご》れ仕事をしてくんなきゃ、あたしたちはとっくに飢《う》え死《じ》にしてた」うつむいたキョウの両目から、涙がポタポタしたたり落ちた。「アギトなんかとツルんでるのだって、ほんとはあたしたちのためだってわかってる……わかってるのに……なにもできない自分に腹が立って……腹が立って……あんたに八つ当たりして」

オレはなにも考えずに、キョウを抱きしめていた。

「泣くな、キョウ……」

「ごめんね、トウ……ごめんね」

しゃくりあげるキョウの肩は、びっくりするくらい細くて。流れ落ちるその涙は、戸惑《とまど》うほど熱くて。オレにすがりつくその腕は、かわいそうなほど震えていて。

「夾竹桃《きょうちくとう》って花はよ、薬にもなりゃ、毒にもなるんだ」

「……トウ」

「オレは毒でいい」濡《ぬ》れたキョウの瞳《ひとみ》をのぞきこみながら、オレは言った。「お前とチクが薬になって、たくさんの人を救ってくれりゃ、それでいいんだ」

「うん」キョウがうなずく。「うん、うん」

「それに、オレはかっぱらいの天才だしな」

キョウが泣き笑いした。

「でも、もしお前がどうしてもオレに礼がしたいってんなら、してほしいことがあるんだけどな」

「なに……?」

オレは彼女の目を見つめ、ゆっくりと顔を近づけた。

「……トウ?」

「イヤなら……」指で彼女の顎《あご》を持ち上げる。「やめるよ」

キョウが目を閉じた。

オレたちの唇《くちびる》が自然に吸い寄せられる。

が、あと三ミリで初キスが成就《じょうじゅ》するというところで、邪魔《じゃま》が入ったんだ。

「ヤイバ！　ヤイバ！」

勢いよく玄関扉が開かれ、薄汚《うすぎたな》いガキが駆けこんできた。

そのせいで、オレは床板にぶっちゅうとやっちまった。キョウがとっさにオレの首っ玉を掴《つか》んで、床に押しつけやがったんだ。

「ヤイバ！　たいへんだ！　たいへんだ！」

「だあああああ！」跳《と》び上《あ》がったオレは、そのガキの胸倉《むなぐら》を掴《つか》みあげてやった。「どこのガキだ、てめェ！　ちっくしょう、あとちょっとだったのにっ！」

キョウは、あたしにやましいところはなにもないわよ、てな感じで髪のほつれを直している。

「だいたい、人んちに入るときゃ……あれ？」ガキの頭をどつこうとふり上げたオレの拳《げん》骨《こつ》は、そのまま空中で止まった。「お前、この前の……たしかヒョウキチだっけ？」

「なに？」と、キョウ。「知ってる子？」

「ああ、まあな」ヒョウキチにむき直り、「なんだ、お前？　なんでオレんちがわかった？　ははーん、さては尾《つ》けてきやがったな……言っとくがな、食い物ならもうねェぞ」

「そんなんじゃないよ！」

「……」

「たいへんなんだよ、ヤイバ！」それは、オレが何日か前に食い物を分けてやった、あのガキだった。「とにかく、いっしょに来てくれよ！」

「な……どうしたんだよ？」その剣幕《けんまく》に圧《お》されて、オレはたじろいだ。「落ち着け……落ち着いて話せ」

「死んでるんだよ！」

「はあ？　……だれが？」

「この前、あんたといっしょにいた人だよ！」ヒョウキチが言った。「オレの妹に団子《だんご》をくれた、あの兄ちゃんが河原で死んでんだよ！」

4

チクは——死んでいた。

一面に菜《な》の花《はな》が咲き乱れる河原で。

目を閉じたその顔は、透《す》きとおるほど白かった。瞼《まぶた》なんか、真っ白という言葉じゃ追っつかないくらい、白かった。ぽっかりと開いた口は、まるでそこから魂《たましい》が抜け出ちまったみたいだった。

「う、嘘《うそ》だろ……」

黄色い花にうずもれたチクに、オレはヨロヨロと近づいた。足下《あしもと》がおぼつかない。まばたきを忘れた目には、さっき見た夢が映《うつ》っていた。

はずして、トウ、的《まと》に当てちゃダメだ——厳《きび》しい表情でそう言ったチクの顔と、いま、目の前でひっそりと死んでいるチクの顔が、どうしても同じ顔だとは思えなかった。

「待てよ、チク……」さっさとクナイをはずし、リヤカーの食い物なんか目もくれずに堂々と歩き去ったチク。「そりゃねェだろ……オレはまだお前になんも……」

夕風が河原を吹き抜け、チクの髪がさわさわと揺れた。

「……」

大きな夕陽《ゆうひ》が山のむこうに沈みかけている。

烏《からす》がのんびり啼《な》きながら、飛んでいった。

チクはもういないのに、世界はうんざりするほど、元のままだった。これから先、オレはチクなしでやっていかなければならない。そのことが、まったく理解できなかった。

うわあああああああああ!

オレは叫んだ。喉《のど》が破れるくらい叫び、頭をかきむしり、チクにすがりつき、赤ん坊みたいに大声で泣いた——そうできたら、少しは楽になれたのかな?

オレは泣かなかった。

叫びもしなかったし、チクにすがりつきもしなかった。

ただ、風の吹く河原に立《た》ち尽《つ》くして、キョウがオレのかわりに泣き叫ぶのを、ぼんやりと眺めていた。

「あああああ! あああああ!」キョウはチクを摑《つか》まえて強く揺さぶった。「なんで!? なんでよ……チク、ねえ、なんでよ!? なんとか言いなさいよ、チク! ねえ、チク!」

「あの……」

小さな声が、オレをふりむかせる。

あの兄妹《きょうだい》がいた。

「あの……これ」小さい妹のほうが、おずおずと手を差し出す。「あのお兄ちゃんが持ってた……」

「………」

それは、一本の紐《ひも》だった。

オレは紐を見、女の子に目を戻し、また紐を見た。

「チクが……」乾《かわ》いて粘《ねば》つく口を開く。「これを……チクが持ってたのか？」

女の子がこくんとうなずく。その足下の竹籠《たけかご》には、摘《つ》んだばかりの菜の花がいっぱい入っていた。

紐を手に取る。

銀糸《ぎんし》が織りこまれた紫色《むらさきいろ》の、美しい紐だった。乱暴にむしり取ってきたのだろう、紐の片端《かたはし》はちぎれて、ささくれ立っていた。

紐に目を落とし、泣き叫ぶキョウを見やり、それから女の子に顔をふりむける。

「見たのか、チクを殺したやつ……」

女の子がおびえたように、兄を見上げた。

「オレたちが来たとき、この人はひとりで河原にすわってた」ヒョウキチが言った。「で、菜の花を摘んで帰ろうとしたら、この人のそばにだれかが立っているのが見えたんだ」

「どんな……どんな野郎だった？」

「男じゃない、と思う」

「………」

「ちょうど夕陽を受けて逆光だったから、よくは見えなかったけど……女の人だったと思う」

「……女？」

「だって真珠色《しんじゆいろ》の着物を着てたから……その女の人が、顔を近づけてなにか言ったんだ。オレにはそう見えた。そしたら、あんたの友達が暴れだした。巻きこまれたくなかったから、オレは妹の手をひっぱって逃げた。で、ふりむいてみたら、あんたの友達が倒れてて、女が消えてたんだ」

オレはヒョウキチを見つめ、それから河原《かわら》をぐるりと見まわした。身を隠せそうなところは、どこにもない。

「オレと妹は、あんたの友達が倒れているところに戻ってみた。そのとき気づいたんだ、あのとき妹に団子《だんご》をくれた兄ちゃんだって……手にその紐をしっかり握《にぎ》ってた。オレは紐を妹に持たせて、あんたを呼びに走った」

オレはうなずいた。

「あのね……」女の子が震える声で言った。「『声は血より重いからよお』って言ったの」

「……はあ？」

「この人が最期《さいご》にそう言ったの……『声は血より重いからよお、声がないなら血で払え』って」

「本当にチクがそんなこと言ったのか？」オレは目をすがめた。「お前、いくつだ？　そんな難しい言葉、よく憶《おぼ》えられたな」

「だって……だって、それ、子守唄だもん」

「……」

河で魚が跳《は》ね、菜の花が風に揺らめいていた。

その有るか無しかの小さな歌声は、まるで菜の花たちが、チクに別れを告げているみたいだった。

父《とと》さまを呼んだらよお
姉《ねえ》やを連れてった
母《かか》さまを呼んだらよお
兄《にい》やを連れてった

チクを膝《ひざ》に抱いたキョウは、赤ん坊をあやすようにやさしく体を揺らしながら――歌っていた。

女の子の細い声が、キョウの声と重《かさ》なる。

鬼が来るときゃよお
よい子はおめめ閉じて
お口むすんで
ねんねしな
だってよお
声は血より重いからよお
声がないなら血で払え

オレは拳《こぶし》をぎゅっと握りしめた。

その虚《うつ》ろな子守唄は、オレがこれまで耳にしたどんな音よりも、オレが見てきたどんな光景よりも、ずっと、ずっと、悲しかった。

第三章
ムカムカ

1

オレとキョウは、まんじりともせずに、夜明けを迎えた。

気がつけば、家んなかに灰色の朝陽《あさひ》が流れこみ、梢《こずえ》の上では小鳥たちが新しい一日に挨《あい》拶《さつ》をしていた。

おもむろにキョウが立ち上がり、台所へ消えていった。すぐに包丁《ほうちょう》がまな板をたたく、小気味《こきみ》いい音が聞こえてきた。

「………」

チクがいなくなった家は、びっくりするほど殺伐《さつばつ》としていた。チクがいなくなっただけで、このちっぽけなあばら家《や》が、これほど広くなるとは思いもしなかった。

煮炊《にた》きをする音が、虚《うつ》ろに谺《こだま》していた。

そこかしこにチクの亡霊がわだかまっていた。

ちゃぶ台で勉強をしているチク、寝そべって本を読んでいるチク、手を合わせて「いただきまーす」と言うチク、キョウにぶっとばされるオレを見てあわてているチク、笑っているチク、うたた寝をしているチク――オレは腕で目をごしごし擦《こす》り、裏返しになったたままのチクのかえる板《いた》を見上げた。

この板がもう表にひっくり返されることはないのだと思うと、ひとりでに涙が溢《あふ》れた。もしキョウが戻ってくるのがあと二秒遅かったら、大声で泣きわめいていたかもしれない。

キョウは朝餉《あさげ》を三人分、ちゃぶ台に並べた。菜《な》の花《はな》が入った味噌汁《みそしる》、菜の花のおひたし、ツクシの煮物《にもの》、炭火で炙《あぶ》った香ばしい干《ほ》し魚《ざかな》。木のおひつからピカピカの銀しゃりを茶碗《ちゃわん》によそい、まずチクに、それからオレの前に置いた。

「……」

こんなごちそうは、本当にひさしぶりだった。

チクが目を丸くした。その顔がおかしくてオレは吹き出しそうになったけど、次の瞬間には、幻《まぼろし》は雲散霧消《うんさんむしょう》していた。

空《から》っぽのチクの席を、窓から射《さ》しこむ朝陽が照らしていた。

ちゃぶ台のそばに正座したキョウが、オレをじっと見つめていた。泣《な》き腫《は》らした目の下には、黒い隈《くま》ができていた。

箸《はし》に手をのばし、ツクシの煮物を口に運ぶ。甘辛《あまがら》い味が、口いっぱいに広がった。

「いっぱい食べて」キョウが言った。「おかわりもあるから」

「……」

「食べて、トウ」

オレは乱暴に味噌汁をすすり、目を剝《む》いて魚を頰張《ほおば》り、親の仇《かたき》のように銀シャリをガツガツとかきこんだ。

茶碗が空になると、キョウが言わずもがなで飯《めし》をよそってくれた。

「チクのぶんも食べて」

「おう」

オレは食った。

いまなら、世界を丸ごと食《く》い尽《つ》くせるような気がした。メソメソしている自分をかみ砕《くだ》き、呑《の》みこんでやった。

顎《あご》をガシガシ動かし、食い物が胃袋へ落ちていくたびに、肚《はら》の底から怒《いか》りが湧《わ》き上《あ》がってくるのがわかった。

「ごっそさん！」

たたきつけるように茶碗と箸を置くと、オレはすっくと立ち上がった。

「ちょっくら行ってくらあ」

キョウが真新しいクナイを両手で差し出す。

オレはそれをしっかりと腰帯《こしおび》に差した。

「あの紐《ひも》はちゃんと持った?」

「ああ」

「チクの写真も?」

オレは懐《ふところ》をバンッとたたいた。それから、チクのかえる板を欄間《らんま》からはずし、しっかりと懐にしまった。

すると、チクがそばにいるような気がした。

気力が満ちてくる。

「いってらっしゃい」目に覚悟をにじませたキョウが、三つ指をついた。「ご武運を」

オレはうなずき、家を飛び出した。

2

曲橋《まがりばし》のたもとは、日雇《ひやと》い仕事を求める人たちで溢《あふ》れ返《かえ》っていた。

「アカデミーの体育館の建設現場だ!」

一段高いところに立った手配師が仕事の内容を叫ぶと、男たちが競《きそ》って手を挙《あ》げる。毛むくじゃらの手配師は、そのなかから体格のいいやつ、使えそうなやつを選び出し、札《ふだ》のようなものをどんどん配った。

「その札を持って現場へ行け！　現場監督に渡して、仕事が終わったら労賃を清算してもらえ！」

　男たちはまるで腹を空《す》かせた鯉《こい》みたいに、手配師に群《むら》がっていた。こういう手配師は、労賃の四割から四割五分もピンハネしてやがる。それでも、仕事を求める男たちは、札を摑《つか》み取《と》るために必死に手をのばしていた。

　オレは少し離れたところから、その様子《ようす》を眺めていた。

「あんたは行かなくていいのか？」

　知らない男が話しかけてきた。

　オレは答えなかった。

「行かなくて正解だぜ。いま一番おいしい仕事は、道影殿《みちかげでん》の建設現場だからよ」背の低い、ネズミのような男だった。ネズミのようなヒゲを生《は》やしていた。「十五年戦争が終わってすぐに改修をはじめたんだが、一年経《た》ってようやく完成さ。キツイ仕事はもう終わってるから、あとはタイル張りとか掃除《そうじ》くらいよ。もうすぐお披露目《ひろめ》の宴《うたげ》があるって話だぜ……ケッ、どうせ業突《ごうつ》く張《ば》りな手配師にごっそりピンハネされんだから、せめて楽な仕事を選ばねェとな」

「こいつに見覚えはねェか?」

オレはやつにチクの写真を見せた。

ネズミのような男は、ネズミのような黒い目でじっとオレを見つめ、それから写真に目を落とした。

「いや……」と、首をふった。「この曲橋にゃ、毎朝何百人も集まるからな」

「………」懐《ふところ》から、チクが持っていた紫《むらさき》の紐《ひも》を取り出す。「じゃあ、これがなにかわかるか?」

「察するに、その写真のやつの形見《かたみ》かい?」

「……!」

「驚くこたあねェ」そいつがニヤリと笑った。「曲橋の仕事のなかにゃ、お天道様《てんとさま》に顔むけできねェもんもある。禁制品の密輸や、盗《ぬす》っ人《と》の片棒を担《かつ》がされることもあるし、もっとひでェことだってある」

「………」

「仕事に行ったきり、二度と戻ってこねェやつなんかざらさ」歩き去る前に、ネズミのような男はそう言った。「それでも、オレらはやらなきゃなんねェんだ」

オレは手あたり次第《しだい》にチクの写真を見せて尋《たず》ねてまわったが、まともに取り合ってくれるやつは、ひとりもいなかった。みんな自分が生きることで手一杯だった。一番親切なやつでさえ、オレを蠅《はえ》のように追っ払った。

「なあ、こいつに仕事をまわさなかったかい？」オレは人混みをかき分けて、毛むくじゃらの手配師に写真を見せた。「昨日《きのう》、ここに来たはずなんだ」

手配師は、厳《いか》つい外見とは裏腹に、親切な男だった。まわりのやつらにやいのやいの言われても気にせず、チクの写真をためつすがめつした。それから申《もう》し訳《わけ》なさそうに、オレに返した。

「こんなやつがオレのところに来たら、たぶん、憶《おぼ》えてるはずだ」手配師が言った。「お前の友達か？」

「ああ」

「オレが紹介するのは力仕事ばかりだ。こんな細いやつにまわせるような仕事はねェよ。ただ、もしかすると……」チラリと目を走らせたその先には、禿鷹《はげたか》と呼ばれる手配師たちが固まっていた。「いや、なんでもない……すまんな、役に立てなくて」

オレはうなずいた。

やがて陽《ひ》が高くなり、仕事にあぶれたやつらは三々五々散っていった。

そいつらを狙《ねら》って、禿鷹どもがこそこそと動きまわった。こういう禿鷹手配師がもってくる仕事は、割がいいかわりに、リスクも高い。高い労賃に釣られてのこのこついて行ったが最後、目ん玉や内臓を抜かれたやつらもいる。用心深いチクが禿鷹について行くほど迂闊《うかつ》だとは、どうしても思えなかった。

その日は、なんの収穫もなかった。

次の日も、次の次の日も、そのまた次の日も、オレは曲橋に出かけた。ときにののしられ、ときに突き飛ばされ、ときに胸倉《むなぐら》を摑《つか》みあげられながらも、しつこくチクのことを尋ねてまわった。

そのいっぽうで、例の毛むくじゃらの手配師がまわしてくれた力仕事を、せっせとこなした。戦《いくさ》が終わったばかりの道隠《みちがく》れの里には、なにはなくとも、力仕事だけは事欠《ことか》かなかった。

オレはコンクリートを練《ね》り、鉄筋《てっきん》を担《かつ》ぎ、材木を伐《き》り出《だ》し、朝から晩まで煉瓦《れんが》を積み上げた。いっしょに仕事してるやつらに写真と紐を見せてまわったけど、なんの情報も得られなかった。

オレは毎日、自分で働いて稼《かせ》いだカネで、キョウに食糧《しょくりょう》を買って帰った。こんなふうにチマチマ稼いだところで、オレのこのどん詰《づ》まり人生、どうにもなりゃしない。

そんなことは、わかっている。

それでも、毎日、飯《めし》が美味《うま》かった。お天道様に顔むけできる生活ってやつは、ぶっちゃけ、悪くなかった。

問題がひとつだけあるとすれば、飯が美味ければ美味いほど、一日の仕事が終わった充足感が深ければ深いほど、チクのことを思い出しちまうことだった。

オレがもっと早くにかっぱらいをやめて、チクといっしょに額《ひたい》に汗して働く気にさえなっていれば、あいつだってあんな目には遭《あ》ってなかったはずなんだ。

「それは、あんたのせいじゃない」キョウはそう言ってくれた。「あたしも同罪だし、たぶん、チクだってそうだよ……あたしたち、みんなあんたに甘えてたから」

キョウのやさしさが身に染《し》みたけど、だからといって、自分を責《せ》めないわけにはいかなかった。

3

チクのほうはなんの進展もなかったけど、曲橋《まがりばし》へ通いだして十日ほど経《た》ったころ、鰆目《さわらめ》学校の生徒たちが続けざまに何者かに殺された。里に奇妙な噂《うわさ》が流れはじめたのも、このころからだった白い女が出た。

オレが最初にその噂を耳にしたのは、建設現場の昼飯時《ひるめしどき》だった。弁当をかきこむ日雇《ひやと》い労働者たちが大声で話していた。額《ひたい》に赤い目がある白い女が、夜な夜な里をうろつきまわって、人の魂《たましい》を抜いていくという。

「嘘《うそ》じゃねェ、見たやつがいるんだ」ひとりが口から飯粒《めしつぶ》を噴《ふ》きながら力説していた。「その白い女に触れられると、体から魂がすうっと抜け出ちまうらしいんだ。あとには、紙みてェに真っ白な死体だけが残ってるんだってよ」

情報はひどく錯綜《さくそう》していた。白い女は老婆《ろうば》だと言う者もいれば、若い娘だと主張する者もいた。額の目を赤と言う者もいれば、青だと断言する者もいた。

キョウがこしらえてくれた弁当を食いながら、オレはチクの死に顔を思い出していた。そういや、チクの顔もめちゃくちゃ白かったな。

バッカじゃねェの？　頭をよぎったそんな考えを、オレは笑い飛ばした。チクを殺したのも、その白い女だってか？

が、鯖目学校の生徒の死体は、ほとんど毎日のようにどこかで見つかった。そして、いつも白い女の噂がついてまわるのだった。

ある暖かい晩のことだった。

「ミナミが死んだわよ」学校から帰ってきたキョウが、興奮してまくしたてた。「これで七人目……鯖目先生も事情聴取《ちょうしゅ》されたみたい。で、危険だから、しばらく学校を閉鎖《へいさ》することにしたって」

一日中セメントの袋を運んでクタクタだったオレは、畳《たたみ》に寝転んだまま、天井を見上げていた。なんで犯人は鯖目学校の生徒ばかり狙《ねら》うのか？　ない知恵をふり絞《しぼ》って考えてみたけれど、ちっともわからなかった。

「ミナミも真っ白だったんだって……ねえ、やっぱり白い女の仕業《しわざ》かな？」

ミナミは、オレやキョウと同じクラスの女だ。いつだったか、鯖目のおっさんを本当のお父さんだと思っていると言ってたっけな。

「白い女なんかいねェよ」

「でも、だれかが人を殺してまわってる」

桜は三日間降り続いた雨のせいで、ほとんど散ってしまっていた。

降り積もった花びらで、庭先はまるでピンクの絨毯《じゅうたん》を敷《し》いているみたいだった。

「しかも、死体にはなんの外傷もなくて、どれも血を抜かれたみたいに真っ白になってる」

キョウが言った。「チクみたいにね」

「チクを殺《や》ったのも、その白い女だって言いたいのか？」

「それは、わかんないけど……でも、あの子も……チクのことを知らせてくれたあの男の子も、チクが死ぬ前に女の人といっしょにいたって……」

「白い女なんかいねェってば」

オレの硬い物言いに、キョウが口をつぐむ。

「チクを殺ったやつはぜってーに許さねェ」オレは耳の穴をほじくりながら言った。

「明日《あした》、ミナミんちに行って話を聞いてくるよ」

「耳……かゆいの？」

「ん？ああ……」

「ちょっと待ってて」いったん部屋を出ていったキョウは、すぐに耳かきを持って戻ってきた。「掃除《そうじ》したげる」

「え？いや、いいよ……」

「なに恥ずかしがってんのよ」キョウが正座すると、ただでさえ短い着物の裾《すそ》がずり上がって、もっと短くなった。「ほら、早く」

「べ、べべ……べつに恥ずかしがってなんかねェし！」

「ほら」まるで猫でも呼ぶように、彼女は自分の太腿《ふともも》をポンポンとたたいた。「おいで」

「……」

促《うなが》されるがままにキョウの膝《ひざ》に頭を横たえると、ひんやりと冷たかった。せっけんのいいにおいがした。オレは何度も生唾《なまつば》を呑《の》みこまなきゃならなかった。

耳にふうっと息を吹きかけられる。

「げっ……あんた、これでよく聞こえるわね」キョウは長い髪をかき上げ、オレの上におおいかぶさった。「ひょっとして、前にあたしが掃除してやってから、ずっと掃除してないんじゃない？」

オレは膝枕にドキドキしすぎて、いや、だって、お前、そんなこと言ったって、オレだっていろいろ忙しかったし、などとわけのわからないことを口走ってしまった。

「動かないっ」

「……はい」

耳かきがやさしく挿《さ》しこまれると、まるでキョウとのあいだに特別な関係ができてしまったみたいだった。

手際《てぎわ》よく耳かきを使うキョウ。オレはお袋のことをあんまり憶《おぼ》えてないけど、きっとお袋ってのは、こういうもんなんだろうな。

チクが死んで以来、ずっとささくれ立っていた心が、すうっと鎮《しず》まってゆく。すると、涙が勝手に溢《あふ》れ出《で》た。

「……トウ？」

「あれ？　なんだこりゃ……悪《わり》ぃ、オレ、ちょっと……」

「いいよ」あわてて体を起こそうとするオレを、キョウの手がそっと押《お》し留《とど》めた。「たまには、泣いてもいいよ」

「………」

「よしよし」そう言って、オレの背中をさすってくれたんだ。「あんた、ガキのくせに、なんでもかんでもひとりで背負《しょ》いこみすぎなんだから」

　オレは肩を震わせ、キョウにすがりつき、声をあげて泣いた。本当に五歳のガキになっちまった気分だった。

　女ってのは、すげェな。わんわん泣きながら、オレは思った。やわらかいくせに強くて、強いくせにこんなに温かいんだもんな。

　そんな状態だったから、いきなり玄関扉がガラガラッと開いたときは、跳《と》び上《あ》がっちまった。

「邪魔《じゃま》するぜ」

　ぞろぞろと家に入ってきたのは、アギトの手下どもだった。

「！」

「なによ、あんたたち!?」キョウがわめいた。「人の家に勝手に入ってこないで!」

「お取りこみ中だったか?」先頭の男がニヤニヤしながら言った。「なんだ、八重歯《やえば》、泣いてんのか?」

「古い手だぜ」ほかのやつが口をはさむ。「ちょろっと涙を見せてやりゃ、グラッときちまうバカな女がいるんだ」

ヤクザどもがどっと笑った。

オレは腕で目を擦《こす》り、やつらをにらみつけた。

「そう怖《こえ》ぇ面《つら》すんなよ」だれかが言った。「ちょっと顔貸せや、八重歯」

「やめろ」怒気《どき》含《ぶく》みで出張《でば》ろうとするキョウを、オレは手を上げて制した。「こいつらに逆らうな」

「でも!」

「言うことを聞いたほうが身のためだぜ、おねーちゃん」先頭の男が言った。「行こうぜ、八重歯……アキトさんが待ってっからよ」

4

ソファに深く腰かけたアギトは、口を開く前に片目でオレを見つめた。黒い眼帯にすら、殺気が漂っていた。

「八重歯《やえば》……最近、曲橋《まがりばし》で働いてんだってなあ?」

「はあ、まあ……」

「オレが言いつけた用事はどうなってんだよ?」

オレは顔を伏《ふ》せた。

あの日……アギトがオレの歓迎会を開いてくれた日、やつは道影《みちかげ》の隠し財産のことを持ち出した。

道影は油隠《あぶらがく》れの里を滅《ほろ》ぼすために、鉏篩院《そさいいん》って禁術を発動した。その代償《だいしょう》として用意した莫大《ばくだい》な金がある。が、鉏篩院《そさいいん》を発動する代償は金なんかじゃなく、道影の五人の子供の命だった——

「お前、オレが酔っぱらってると思って、テキトーに聞き流してたのか?」

「いえ、そんな……」

「オレはお前に、隠し財産の在処《ありか》を調べてくれってたのんだよな?」

口を開きかけたオレの顔を、クナイがシュッとかすめる。

「!」

アギトの放ったクナイは壁に突き刺さり、オレの頬《ほお》にすうっと切り傷が走った。

「ナメてんのか、てめェ？」やつの隻眼《せきがん》が鈍《にぶ》く光った。「言うことを聞かねェ犬をどう躾《しつ》けるか、知ってるか？」

「!?」

手下どもがふたりがかりで、オレの両腕をガシッと押さえつけた。

「な、なにしやがんだ！」

オレは身をよじったけど、顔面をしこたま殴《なぐ》られただけだった。目のなかで星が散り、鼻血が噴《ふ》き出《だ》した。

「犬はバカだからよお……悪《わり》ぃことをしたらすぐに躾けねェと、自分がなんで叱《しか》られてんのか、わかんなくなるんだ」アギトがゆっくりと立ち上がる。その指先には、クナイがぶら下がっていた。「お前はどうだ、八重歯？　自分がなんで叱られてんのか、ちゃんと理解してるか？」

ヤクザどもがニヤニヤしながら、事の成《な》り行《ゆ》きを見守っていた。

「こいつの額《ひたい》に、アギトさんの名前を彫《ほ》りましょうよ」だれかが言った。「[illegible]すりゃ、身のほどをわきまえるんじゃないっすかねえ」

「それも悪くねェな」

アギトがギザギザの歯を見せて舌なめずりすると、手下どもが声を立てて笑った。

待ってくれよ、アギトさん……忘れてたわけじゃねェんだ、いや、曲橋に行ってたのも、じつは隠し財産の情報を調べるためだったんすよ、いや、マジですって、オレがアギトさんの命令に逆らうはずないじゃないっすか……頭のなかでは、調子のいい言《い》い訳《わけ》が、百とおりも渦巻《うずま》いていた。

が、実際に口をついて出たのは——

「オレは抜けるぜ」

「……！」

アギトの笑いが凍《こお》りつき、オレは自分の耳を疑った。え？　いまのって、オレの口が言ったのか？

「ほお、いい度胸だな、八重歯」アギトがニヤリと笑った。「だけどなあ、そんな簡単じゃねェぞ……ここは茶屋じゃねェ。来たいときに来て、帰りたいときに帰れる場所じゃねェんだ」

あやまっちまえ！　頭のなかでは、もうひとりのオレが叫びまくっていた。いまなら冗談ですむぞ、ほら、早くあやまっちまえって！

「とにかく、オレは抜ける」オレはやつから目をそらさなかった。「やるならやれよ」

「なめんじゃねェぞ、小僧!」ヤクザどもがいっせいにわめいた。「てめェ、このまま生きてこっから出られると思うなよ!」

少し前のオレなら……そう、チクがあんなふうになっちまう前のオレなら、どんなみっともない命乞《いのちご》いだってやってのけただろう。

ぶっちゃけ、チビるくらい怖《こわ》かった。

オレをつなぎ止めていたのは、キョウの悲しげな横顔だった。

チクが死んで、オレまでこのままヤクザ者になっちまったら、あの娘《こ》はもう二度と笑ってくれないかもしれないじゃないか。

「男一匹、てめェで決めた道は曲げらんねェ!」オレは吼《ほ》えた。「さあ、さっさとやりやがれってんだ! もうお天道様《てんとさま》に顔むけできねェ生き方はしたくねェ!」

キョウがにっこり笑った。

「上等だ、この野郎!」ヤクザどもが罵声《ばせい》をあげて襲いかかる。「望みどおり、ぶっ殺してやんよ!」

顔面を殴られ、腹を蹴《け》られ、寄ってたかってフクロにされた。倒れると、引き起こされてまた殴られた。鼻血が飛び、瞼《まぶた》が腫《は》れあがり、奥歯が折れた。

「もういい」

アギトの声がかすかに聞こえ、オレは床の上に投げ出された。なんとか自力で起き上がろうとしたけど、無理だった。

「お前、変わったな」

オレは倒れたまま、ゼエゼエあえいだ。

「ちょっと前までは、ただのお調子者だったくせによ」アギトの声が、高いところから降ってくる。「こんなに根性があるとは思わなかったぜ……なにがあった？」

オレはどうにか体を起こし、胡坐《あぐら》をかいた。呼吸を整《ととの》える。口に溜《た》まった血をペッと吐《は》き捨《す》てた。

「仲間が……殺された」

「……！」

「曲橋に仕事をもらいに行って……そのまま、帰ってこなかった」

「もしかして……」だれかが言った。「最近、噂《うわさ》になってる白い女か？」

「わかんねェ。ただ、チクも……死んだそいつも、真っ白だった」

「なるほどな」アギトの声は、なぜだか震えていた。「だから毎日、曲橋に通《かよ》い詰《つ》めてんだな」

オレはうなずいた。

「なんかわかったのか？」

かぶりをふる。

口を開く者は、いなかった。

オレとアギトの視線が交差する。

違和感に気がついたのは、そのときだった。やつの顔に赤みが差し、見る見るゆがんでいく。腹を立てているようにも、腹が痛いようにも、腹が減《へ》っているようにも見えた。

「……？」

で、オレがあっけに取られているうちに、アギトの目から涙がダーッと溢《あふ》れたのだった。

「……へ？」

「うおおおおお！」顔を涙と鼻水でぐしょぐしょにしたアギトがドドドッと突進してきて、オレの肩を摑《つか》まえた。「たいへんだったなあ、八重歯！　本当にたいへんだったなあ！」

それからぶっとい腕でオレをガシッと抱きしめて、ひとしきりおいおい泣いた。

男泣きに泣くアギトを見て、手下たちも、もらい泣きした。

「仲間を失う悲しみなら、オレにもよーくわかるぜ！」アギトはオレをギュウッと抱きしめた。「犯人を捕《つか》まえるためだったんだなあ……それなら仕方ねェよなあ、うん、それなら仕方ねェよ、うお……うおおおおお！　うおおおおおおお！」

「く、苦しい……」

「そうだ！」オレを突き飛ばし、懐《ふところ》から札束《さつたば》をひっぱり出す。「香典《こうでん》がわりだ、取っとけ」

押しつけられた札束を見ると、一家四人が一か月くらい余裕で暮らせるほどあった。

「いや、こんなにもらえ……」

「いいから、取っとけ！」アギトが吼えた。「で、なんも手掛かりはねェのかよ？」

オレは懐から、チクが持っていた紫色《むらさきいろ》の紐《ひも》を取り出した。

「……ん？」

アギトが目をすがめ、手下たちが頭を寄せる。

「おい、この紐って……」

「死んだオレの仲間が持ってたもんだ」と、オレ。「なんの紐か知ってんのか？」

アギトが「おい」と言うと、手下が同じような紐で閉じられた豪華な封筒を差し出した。

表書きには〈御招待状〉とある。

「！」

「いや、似てるけど、違うな」だれかが言った。「よく見てみな、招待状のほうの紐にゃ銀糸《ぎんし》が織りこまれてねェ」

そいつの言うとおりだった。

「来週、修復が済《す》んだ道影殿《みちかげでん》のお披露目《ひろめ》の宴《うたげ》がある」アギトが言った。「新しい道影候補の顔見世《かおみせ》も兼《か》ねてな。一年も臨時執行部が里の政《まつりごと》をやってきたが、ようやく新しい道影が誕生するってわけさ。こいつはその招待状よ。手に入れるのに苦労したんだぜ」

「お披露目の宴?」葵《あおい》ザンキのポスターが眼間《まなかい》に揺れた。「けど、なんでそんなもんを……」

「隠し財産の在処の目星がついたのよ」

「ほ、本当か!」

「どうやら、道影殿の敷地のどっかにあるらしい」

オレはうなずいた。

「この宴を逃《のが》したら、オレら一般人はもうおいそれとは道影殿に入れなくなる。この日にお宝をいただいちまうのはさすがに無理でも、隠し場所さえ特定できりゃ打つ手はある。だから、どうしても宴にもぐりこみてェ。ただ、問題がふたつばかりある」アギトの顔が曇《くも》った。「ひとつめは、オレらはお上《かみ》に面が割れてるってことよ。そんで、ふたつめは、その宴が男女同伴だってことさ」

「男女同伴?」

「女が用意できねェわけじゃねェ」アギトが言った。「だが、信用できる女がいねェんだ」

5

道々、キョウはアギトたちをののしりまくった。

「これであんたも懲《こ》りたでしょ？　だいたい、あんたにヤクザなんて、できっこないんだから……それにしても、こんなに殴《なぐ》ることないのに！」

オレは黙って歩いた。左目は腫《は》れてふさがり、口は切れ、鼻には絆創膏《ばんそうこう》を貼《は》っていた。

「もしあたしが道影《みちかげ》になったら、あんな社会のゴミどもは一掃《いっそう》してやるわ！」

「でもよ……」口を開くと、唇《くちびる》がまた切れた。「アッ……ツゥ」

「大丈夫、トウ？」

「ああ、なんてことねェよ……でもよ、チクの香典《こうでん》をあんなにくれたんだぜ」

「バッカじゃないの、あんた！」キョウが腕をふりまわした。「あんなの、ヤクザ者のよく使う手じゃない！　まず相手を痛めつける。それからやさしくしてやれば、あんたみたいなバカは、コロッと騙《だま》されちゃうんだから」

オレたちは里の目抜き通りを右に折れ、細い路地に足を踏み入れた。板塀《いたべい》が両側に並び、葵《あおい》ザンキのポスターがずらりと貼ってある。

「なに見とれちゃってんのよ？」

「はあ？　べつに見とれてねェし」

「男はみーんなこういう美人に弱いんだから」キョウが吐《は》き捨《す》てるように言った。「言っときますけど、こいつ、先代の道影の諜報部《ちょうほうぶ》を皆殺しにしたのよ」

「ああ」オレはうなずいた。茶屋で団子《だんご》をかっぱらったとき、年寄りどもがそんな話をしてたっけな。「なんか、諜報部の連中が禁術の発動条件を道影に報告しなかったからだろ？」

「ものすごい拷問《ごうもん》でみーんな殺しちゃったんだから」

「へぇえ、どんな？」

「あたしにわかるわけないでしょ！」

「………」

「とにかく、すっごい拷問なのよ。だって、この葵ザンキは拷問のスペシャリストなんだから……そんなやつを道影に推《お》すなんて、里の上層部はいったいなにを考えてんのかしら？　こいつはきっと人を人とも思わないやつよ」

「それって、鰆目《さわらめ》のじじいの受け売りだろ？」

キョウが目をすがめた。

「どんなことにも、表と裏があるんじゃねェのかな」オレは横目でポスターを見やり、「こいつだって、もしかすると本当は人なんか痛めつけたくねェのかもしんねェし。それでも、里のためにやらなきゃならなかったんだ。そうしなきゃ、オレらは油隠れ《あぶらがくれ》に負けてた」

「油隠れの人たちだって、あたしたちと同じ人間なのよ！　同じ赤い血が流れてんのよ！」

「でも、戦《いくさ》に負けてたら、あの太っちょみたいなやつが里にやってくる……食い物をチラつかせて、オレらにクナイを投げさせて、まるでゲームでもするみてェに殺すやつと生かすやつを決めるような連中がな」

「……………」

「葵ザンキのやり方が正しいって言ってるわけじゃねェんだ。鰆目のじじいの言うとおり、この女は道隠れ《みちがくれ》至上主義者なのかもしんねェ……オレはただ、戦になりゃ、きれいごとは言ってられなくなるって思ってるだけさ」

オレたちは歩き、一軒のあばら家《や》の前で足を止めた。破れた板壁、傾いた玄関扉、ぺんぺん草の生《は》えた屋根瓦《やねがわら》——オレとキョウとチクの家と、どっこいどっこいのボロ家だ。表札は出てないが、玄関扉脇《わき》の柱に、喪中《もちゆう》であることを示す黒い布が吊《つ》ってあった。

キョウがうなずき、オレは扉を開けて声を張った。

「すんませーん、ミナミさんのお宅ですか？」

オレの声は反響しながら、薄暗い家のなかに吸いこまれていった。

もう一度呼びかけてみたが、反応はない。

オレとキョウは、顔を見合わせた。

「留守かもしんねェな」

「家の裏にまわってみる？」

が、そんな必要はなかった。

廊下の暗がりに、白い着物を着た女がすうっと浮かびあがり、オレとキョウは肝《きも》をつぶした。

「！」

オレなんかは、いま巷《ちまた》で噂《うわさ》になっている白い女かと思って、キョウのうしろにサッと身を隠してしまったほどだった。

鬼婆《おにばば》のような形相《ぎようそう》で、キョウがオレの頭をどついた。

「もう、お話しすることはありませんよ……」白い着物を着た女が、かすれた声でそう言った。「知っていることは、もう全部話しました」

「あ、いえっ……」キョウがあわてて言った。「あたしたち、ミナミさんの同級生なんです。鰆目学校の」

「まあ、そうだったんですか」玄関先に出てきた女は、どうやらミナミの母親みたいだった。青白い顔をした、きれいなおばさんだった。「わたしはてっきり……」

「今日《きょう》おうかがいしたのは、ミナミさんが亡《な》くなったときの状況を知りたくて……じつは、あたしたちの友達も――」

「白い女に殺されたの?」

「……!」

キョウは目を丸くし、うなずいていいのか、はたまた首を横にふったらいいのか迷い、けっきょく意を決してうなずいたのだった。

ミナミの母親が口を開くまで、しばしぎこちない沈黙があった。

「あの夜……ミナミの部屋でなにか言い争うような声が聞こえたんです」

オレとキョウは、同時にうなずいた。

「で、見に行ってみたら……ミナミはベッドに倒れてて」声を詰《つ》まらせながらも、ミナミの母親は言葉を継《つ》いだ。「顔や手足がぞっとするくらい白くなっていました……窓が開いてて、人影がよぎったように思いました。わたしはすぐ窓辺《まどべ》へ駆けつけたんですが――」

「そいつの顔を……」キョウが出張《でば》る。「顔を見たんですか?」

「いいえ、見えたのは後ろ姿だけです。ほんの一瞬だけ、後ろ姿が見えました」

「女だったんですか?」

「そうだと思います」

「みんなが言っているように、白い着物を着てたんですね?」

「はい……でも……」

「でも? でも、なんですか?」

「帯紐《おびひも》は紫色《むらさきいろ》でした……不思議な色で、なんだかキラキラ光っていました」

「!」オレは懐《ふところ》から例の紐をひっぱり出して、ミナミの母親に見せた。「それって、ひょっとしてこんな色でしたか?」

「ええ、ちょうどそんな感じ……」彼女は紐をためつすがめつし、「あのキラキラは、銀《ぎん》糸《し》が織りこまれていたからなのねえ」

「で?」と、キョウ。「その女は……」

「わかりません」

「……」

「ミナミの様子《ようす》を見て、窓辺へ戻ったときには、もういなくなっていたのでね……」

「なにか……ミナミさんは最期《さいご》になにか手掛かりになるようなことを言ってなかったですか?」

「あの子はなにも……」ミナミの母親は思《し》案顔《あんがお》になり、「でも、白い着物の女がかすかに鼻唄を……」

「鼻唄……」

「子守唄なんだけれど、あなたたちは知ってるかしら……」そう言って、ひとくさり口ずさんだんだ。「父《とと》さまを呼んだらよお、姉《ねえ》やを連れてった、母《かか》さまを呼んだらよお、兄《にい》やを連れてった」

「声は血より重いからよお」オレは棒読みした。「声がないなら血で払え」

「そう、それ」

キョウを見やると、瞳《ひとみ》に鋭い光をたたえてうなずき返してきた。

「あなたたちのお友達は、どんなふうにして?」

唇をギュッと嚙《か》みしめたキョウのかわりに、オレが口を開いた。

「オレらはチクが……そいつ、チクっていうんです。チクが殺されたとき、オレらはそばにいなかったんです。でも、たまたま現場に居合わせたガキどもがいて、そいつらが言うには、どうやらチクは殺される前に、その紐を女からむしり取ったみたいなんです」

「チク……さん？」

「……？」

「亡くなったあなたたちのお友達は、チクさんなの？」

「はい」

「ちょっと待ってて」

そう言い残して、ミナミの母親は家の奥へ駆け戻っていった。

キョウを見やると、キョウが肩をすくめた。

すぐに戻ってきたミナミの母親は、手にピンク色の写真立てを持っていた。

「！」

それは、チクとミナミがいっしょに写っている写真だった。可愛《かわい》らしいハート型の写真立てだった。

「この子がチクさん？」

写真のなかのチクは、ミナミに腕に抱きつかれて、ちょっと困ったように、そしてちょっとだけ得意げにはにかんでいた。

「………」

こいつらがそういうことになっていたなんて、ぜんぜん知らなかった。ちぇっ、チクのやつ、イチャイチャしやがって……。

キョウが顔を伏《ふ》せて、そっと目頭《めがしら》をぬぐった。

「チクさんが死んでから、あの子は……ミナミはひとりで犯人のことを調べていました」

母親が言った。「で、死ぬ前の日に、ひどくおびえて家に帰ってきたんです……だけど、なにを訊《き》いても、理由を教えてくれませんでした。ただ、もし自分が死んだら、日記を警《けい》務《む》に届けてほしいと言っていました」

「日記？」オレとキョウは勢いこんだ。「ミナミさん、日記をつけてたんですか？　どこに……その日記って、いまどこに――」

「もう、警務に渡しました」

「読まなかったんですか？」と、オレ。「日記を読まなかったんですか？」

「もちろん、読みました……『ウチらは鉏《そ》餝《さい》院《いん》の契約書にサインをしてしまった』、ミナミは日記にそう書いていました」

「！」

キョウがオレの顔を見て、目を白黒させた。それでオレにも、自分がどんな表情をしているのか、見当がついた。胸のなかで、心臓が早鐘《はやがね》を打っていた。

「あの子、よっぽど混乱していたんでしょうねえ……チクさんの死を調べているうちに、チクさんと同じように殺された人たちがどんどん出てきたから……」

「ほ、ほかにはなにか……」オレは額《ひたい》に噴《ふ》き出《だ》した汗をぬぐいながら、「なにか書いてなかったんですか?」

「五月一日《ついたち》という日付が、さっきのひと言《こと》といっしょに書いてありましたけど」

「五月一日」オレは頭をフル回転させた。道影殿《みちかげでん》完成披露《ひろう》の宴《うたげ》が催《もよお》される日だ。「で、その鉏《そ》篩院《さいいん》ってのは……」

「わかりません」ミナミの母親は力なく首をふった。「警務にもそう言いましたし、警務を引き連れてやってきた葵《あおい》ザンキさんにもそう言いました」

「……!」

「だから、あなたたちも、もうこの件にはかかわらないほうがいいわ」彼女はそう言った。「ミナミやチクさんにはすまないと思うけれど……次期道影候補がじきじきに乗り出してくるほどの事件なら、わたしたちの手には到底負《お》えないから」

オレとキョウは顔を見合わせた。

6

次の日、オレとキョウは、アギトの隠れ家へ行った。

あんな物騒なところにキョウを連れていきたくはなかったけど、キョウの性分《しょうぶん》からして、オレの言うことなんか聞くはずもなかった。

「たのむから、おとなしくしててくれよ」雑居ビルの前で、オレはくどいくらい言い含めた。「アギトはキレると、なにすっかわかんねぇんだから」

キョウはうなずいた。

なのに階段をのぼり、オレが部屋をノックすると、扉を開けてくれたアギトの顔面に渾《こん》身《しん》のパンチをたたきつけやがったんだ。

「あわあわあわあわあわあわあわ！」吹き飛んだアギトを見て、オレは失神しそうになった。

「な、なな……お前、なにしてくれてんだ！」

「なんだ、この女《あま》！」ヤクザどもが罵声《ばせい》をあげて摑《つか》みかかってくる。「女だからって容赦《ようしゃ》しねェぞ！」

「男のくせにガタガタ言ってんじゃないわよ！」仁王立《におうだ》ちのキョウは、やつらにグッと拳《こぶし》を突きつけた。「あんたらがトウにやったのは、こんなもんじゃないでしょう！」

「ざけんな、てめェ！」わっと襲いかかってくるヤクザども。「裸《はだか》にひん剝《む》いて、お尻《しり》ペンペンしちゃうぞ、この野郎！」

死んだな、とオレは思った。あぁあ、キョウのせいで、今日《きょう》がオレの命日になるのか

──もしアギトの怒号《どごう》が轟《とどろ》き渡《わた》らなければ、本当にそうなっていただろう。

「やめな！」

ヤクザどもがピタッと動きを止めた。

「あんたたち、お上《かみ》に顔の割れてない男女を捜《さが》してるんだって？」不穏《ふおん》な静寂《しじま》を破って、キョウの声が響《ひび》いた。「だったら、目の前にいるわよ」

「まったく、気の強《つえ》ェねーちゃんだな」アギトは片方の鼻孔《びこう》を押さえて、反対側からふんっと鼻血を飛ばした。「八重歯《やえば》から隠し財産のことを聞いたな？」

「そんなの、どうでもいい」

「………」

「あたしたちの友達が殺されたのは知ってる？」

「ああ」

「どうやら、鉏飾院《そさいいん》の契約書が関係してるみたいなの」

アギトが目を細めた。

「しかも、葵《あおい》ザンキも乗り出してきてる」

「……！」

「あたしとトウの考えはこうよ」キョウが言った。「戦《いくさ》のどさくさで紛失した鉏《そ》篩院《さいいん》の契約書を見つけたやつがいる。そいつが五月一日《ついたち》、つまり葵ザンキのお披露目《ひろめ》の日になんかやらかそうとしている。だから――」

「その日に道影殿に行けば、犯人がわかるかもしんねェってか？　なんでその日だってわかるんだ？」

「話せば長いわ」

「………」

「殺された人がメッセージを残してたのよ」

「なるほどな……しかし、悪《わり》ィがな、お前らの犯人捜《さが》しにつき合ってやる暇はねェんだよ」

「隠し財産の場所も調べてくる」

「……！」

「それとも、あと三日であんたが信用できる男と女を見つけられるの？」

にらみ合うキョウとアギトのあいだで、オレは阿呆《あほう》みたいにオロオロするばかりだった。

「あたしたちを信じてみても、あんたにはなんの損もないでしょ？」

「気に入ったぜ、このねーちゃん」

アギトがそう言うと、ヤクザどもがなんだかんだと物騒なことを言《い》い募《つの》った。

「やかましい！」アギトが一喝《いっかつ》した。「この里に、オレをこんなふうに殴《なぐ》れる女がいるか？」

一味徒党が口をつぐむ。

「いやあ、母《かあ》ちゃんに殴られて以来だぜ……このねーちゃんは信用できるし、オレはちょうど信用できる女がほしかったんだ」

「あたしとトウが道影殿の宴《うたげ》に行く」キョウは腕を組み、顎《あご》を持ち上げた。「文句ないわね？」

「ああ、いいぜ」ギザギザの歯を見せて、アギトがニヤリと笑った。「ただし、もし隠し財産の在処《ありか》を突き止められなかったら、そのときは本当に裸にひん剝いて、ケツをペンペンするからな」

第四章
サラサラ

1

「なに見てんのよ？」キョウは照れ隠しに、少しばかり攻撃的になっていた。「あたしだってねえ、こんな服、似合うなんて思ってないんだからね」

「……」

その逆だった。

宴《うたげ》用にアギトが用意した真紅《しんく》のドレスは、ツインテールをほどいて長い髪を大人《おとな》っぽく垂《た》らしたキョウにとてもよく似合っていた。ドレスと同じ色の紅《べに》を、うっすらと唇《くちびる》に引いている。真珠《しんじゅ》の耳飾りが、ちょっとキツめの彼女の表情を、いくぶんやわらげていた。

「まるで別人だな」ついつい本音《ほんね》が出てしまった。「お前って、こんなに綺麗《きれい》だったか？」

「なっ!?」キョウがボッと赤くなった。「な、な……なに言ってんの、あんた？　バ、バツカじゃないの!?」

「女ってすげェな」

「あ、ああ……あんただって、そんな気障《きざ》ったらしい背広着てるじゃん」

「これ、なーんか窮屈《きゅうくつ》なんだよなあ」オレはネクタイを緩《ゆる》めた。「慣れねェかっこうは、やっぱするもんじゃねェぜ」

「でも……似合ってるよ」

「……え？」

「似合ってるよ、トウ」

「なーに言ってんだよ、お前らしくもねェ」

「だって……」キョウが上目遣《うわめづか》いでモジモジした。「だって、本当だもん」

「や、やめろよ、お前……そんな、お前……」今度はオレが照れ隠しをする番だった。「いやあ……しっかし、あれだな……ふ、ふだんガサツな女がそういうこと言うと、なんか調子が狂っちまうぜ……ナハ、ナハハハハハ！」

「……………」

「馬子《まご》にも衣装《いしょう》ってのは、本当なんだなあ！」


ゴンッ！


「へぐっ！」

キョウのエルボーが脳天に炸裂《さくれつ》した。どうやらまた、いらないことを口走ってしまったようだ。

「ふだんはガサツで悪かったわね」

「ど、どうもすみませんでした……」

「言っときますけど、こんな衣装なんかないほうが、あたしは何倍もすごいんだから」

「知ってます」

「はあ⁉」キョウに胸倉《むなぐら》をねじあげられてしまった。「あんた、またお風呂のぞいたわね！」

「いやいやいやいや！　ないないないない！」すくなくともチクが死んでからは、というらないひと言《こと》は、胸のうちにしまっておいた。「てゅーか、お前、それ誘導尋問《じんもん》じゃねエか！　汚《きたね》エぞ！」

「バカなこと言ってないで、ほら、行くわよ」

キョウはオレの襟首《えりくび》を摑《つか》んで、招待客がひしめく道影殿《みちかげでん》の正門へズンズン引きずっていったのだった。

新緑の緑が目にまぶしい午前十一時、空には雲ひとつなく、さわやかに晴れ渡っていた。どこかで雲雀《ひばり》がさえずっている。

正門で招待状を渡し、身体検査を受けたあと、オレとキョウは殿内にとおされた。丸一年かけて修復した道影殿が、明るい陽射《ひざ》しをうけて輝いている。天守閣《てんしゅかく》を見上げると、本当に十五年戦争が終わったんだという実感が湧《わ》いてきた。玉砂利《たまじゃり》を敷《し》き詰《つ》めた広場では、すでに招待客たちが笑いさざめいていた。

オレはさっと四方をあらためた。

お祝いの花がそこかしこに飾られ、立食のための料理がテーブルに並べられている。盆に酒をのせた給仕が、人々のあいだを忙しそうに動きまわっている。

目立たないように正装をしているが、明らかに手練《てだ》れだと思われる男たちが、要所要所で目を光らせていた。葵《あおい》ザンキが演説をすることになっている演壇のまわりに配置されているのは、おそらく暗部《あんぶ》だろう。額《ひたい》に道隠れの車輪紋様《もんよう》が入った面を着けている。

オレはキョウに目配《めくば》せをし、人混みから離れ、道影殿のなかへと誘いこんだ。

「これからどうするの、トウ?」

「アギトがむかしの道影殿の青写真を持ってたんだ」

キョウがうなずく。

「それによれば、地下へ通じる階段がある」

「どうして隠し財産が地下にあると思うの?」

「ひとつには、金ってのは重たい。天守閣なんかに隠したら、なんかあったときに持ち出しにくいだろ？」

「あとは？」

「戦《いくさ》で破壊される前の道影殿は、七年かけて造《つく》られたらしい。時間がかかったのは、それだけ頑丈《がんじょう》に造ったからだ。いまの道影殿はたったの一年で修復した。もしオレが大事なもんを隠すなら、むかしの頑丈な建物のなかに隠す」

「つまり、地下はむかしのままなのね？　もしそこになかったら？」

「べつに」

「べつに？」

「オレらはチクを殺《や》ったやつの手掛かりを探しに来たんだ」オレは肩をすくめ、「あとのことは、どうだっていい。隠し場所が見つかればよし、見つからなきゃ……アギトなんざクソ食らえだ」

「そうね」と、キョウ。「うん、あんなやつクソ食らえよ……で、その青写真は？」

オレはこめかみをコンコンと指でたたいた。

オレたちは道影殿のなかを、ひっそりと駆けぬけた。長い廊下の両側に並んだ扉が、どんどん視界の端《はし》からこぼれ落ちてゆく。

人気《ひとけ》のない廊下に谺《こだま》する足音が聞こえ、キョウが体を強張《こわば》らせる。オレはとっさに彼女の手を摑《つか》んで、いったん階段を駆け上がり、踊り場に身をひそめた。汗ばむキョウの手は、びっくりするくらい小さく、やわらかだった。

足音が近づき、また遠ざかる。

詰めていた息を吐《は》くと、また地下への階段を探して、建物のなかを徘徊《はいかい》した。オレとキョウは、しっかりと手をつないでいた。オレはいまとても大切なものを摑んでいるんだ、と思った。

建物の一階部分には、地下へ降りる階段は見当たらなかった。

「ないわね」

「くそ……」

「でも、これではっきりした」

「なにがだよ?」

「隠し財産はやっぱり地下にあるわ」

「なんでそう思うんだ?」

「二階へ上がる階段はあるのに、地下へ降りる階段はない」キョウが言った。「それって、侵入者を地下へ行かせないためじゃん」

「ああ、なるほど」

「落ち着いて、よく思い出してみて。ほかの階から地下へ降りる、隠し階段があるかもしれない」

オレは頭のなかの青写真を眼前に呼び出した。道影殿は三階建てだ。一階一階、細部まで思い出してみた。全《すべ》ての廊下、全ての部屋、全ての階段を重《かさ》ねてみる。

すると、おかしなことに気がついた。三階と一階にひとつずつ、黒く塗りつぶされている部屋がある。オレはその二部屋に意識を集中しようとしたが、外のざわめきが大きくなり、思考が寸断された。

「もうすぐ新道影候補の演説がはじまるわ……なんか思い出せた？」

「こっちだ」

なにもわからないまま、とりあえず頭のなかの青写真をたよりに、一階の黒い部屋を目《め》指《ざ》した。

来た道を引き返した。迷路のような廊下に何度か迷わされながら、オレとキョウはついにその部屋の前までやってきた。

「ここ……トイレだよ？」

「わかってるよ」オレは舌打ちをした。「でも、ここが怪《あや》しいんだ……ちょっと見てくるから、お前はここで待ってろ」

キョウを残して、便所の扉を押し開ける。だれもいない。個室が三つあったけど、どれも空《から》っぽだった。

怪しいところは、なにもなかった。

扉の外では、キョウのもの問いたげな顔が待っていた。

「ダメだ……」便所を出てオレは首をふった。「なんもねェ」

キョウがなにか言おうとして口を開きかけたときだった。

突然、ガコンッ、という音が響《ひび》き渡《わた》った。

「！」

続いて、無人だったはずの便所のなかから、人の話し声が聞こえてきた。

ど、どうなってんだ!?　とっちらかった頭のなかで、オレはほとんどパニックを起こしかけていた。いまのいままで、だれもいなかったじゃねェか！

便所のドアが押し開かれる。

「！」

ヤベェ、こんなところにいるのが見つかったら――と思う間もなく、キョウがサッとオレに抱きついてきた。

「な、なに……お前、こんなときになにを――」

キョウは唇で、オレの残りの言葉をふさいだ。

「!?」

便所から忍装束《しのびしようぞく》を着た男たちが出てくる。

「な、なにやってんだ、お前ら！」ひとりが怒鳴《どな》った。「ここは立ち入り禁止だぞ！」

「ケッ、どいつもこいつも浮かれやがって」もうひとりが吐き捨てた。「ここはお前らがイチャついていいところじゃないんだぞ」

「あ〜ら、ごめんあそばせ」オレから唇を離すと、キョウは忍たちに流し目を送った。「トイレを探してたら、迷っちゃったみたいで」

その艶《あで》やかさに忍たちどころか、このオレまでドギマギしてしまった。

「さ、さっさと済《す》ませて、出ていけ」

それだけ言うと、忍たちは廊下を歩き去ってしまった。

ふだんなら、こんなところまで入りこんできた不審者《ふしんしや》を、やつらが放っておくはずがない。道影殿の修復がようやく済んで、気がゆるんでいたのかもしれない。十五年戦争のせいで、使える忍がほとんど死んじまったせいかもしれない。

だけど一番の理由は、たぶん、キョウだ。もしこの世の終わりまで変わらない真理ってやつがひとつだけあるとすれば、それは男のスケベ心だな。

「ちょっと、あんた……」そのキョウが言った。「いつまで抱きついてんのよ」

「ああ……」オレはあわてて身を離し、「ごめん、ごめん」

「クナイを持ちこんだの、トウ?」

「へッ? ク、クナイ?」

「あんたに抱きついたとき、あたしのお腹んところに、なんか硬いものが当たってたから」

「え? ああ……えーっと、それは……」それはクナイではありません。「そうそうそうそう! クナイクナイクナイクナイクナイ! ほ、本当だぞ……クナイ以上でも、クナイ以下でもねェからな!」

「なにあわててんのよ?」

「べ、べつに!」

「よく取り上げられなかったわね」

「あっ! やっぱ、この便所、どっかに通じてんだよ!」だってクナイじゃないですから。

「ちょ……ちょっと、アギトの追跡札《ついせきふだ》を貼ってくっからさ!」

ヘラヘラ笑いながら、へっぴり腰で便所へ入っていくオレを、キョウは怪訝《けげん》そうに見送った。

ふう、危なかったぜ。

「さてと……」

個室をひとつずつ調べていくと、一番奥のやつに違和感を覚えた。

「……？」

すぐに理由がわかった。ほかの個室には水洗用のタンクがあるのに、一番奥にだけそれがない。

オレは個室のなかを丹念《たんねん》に見回し、それから排水レバーを押してみた。


ガコンッ！


「！」

ゆっくりと沈んでゆく個室から、オレはあわてて跳《と》び退《すさ》った。個室はどんどん沈み、やがて見えなくなった。

「エレベーターになってやがったのか……」

オレは壁にアギトの追跡札を貼《は》りつけた。こうしておけば、アギトはこの札を追って、ここまでたどり着ける。

もちろん、オレの勘違《かんちが》いってことも、十二分に考えられる。このエレベーターは隠し財産の在処《ありか》になんか、ぜんぜん通じてないのかもしれない。そんときは——

「くそ……そんときは、そんときだぜ」

オレは便所を出て、キョウといっしょに、陽光が燦々《さんさん》と降りそそぐ前庭に戻った。

「さっきのアレ……ノーカウントだからね」頬《ほお》を赤らめたキョウが、むっつりと言った。

「あんなの、ノーカウントなんだから」

すでに招待客たちが演壇のほうへ集まっていた。

偉そうな年寄りが、壇上でなにか話している。

「——というわけで、我々臨時執行部は、新道影候補を選出するに至《いた》った次第《しだい》であります。本日は道影殿の修復完成披露《ひろう》と、新道影候補の葵ザンキの顔見世《かおみせ》のために、このささやかな宴をご用意しました。それでは、大きな拍手をもってお迎えください。葵ザンキです！」

「！」

刮目《かつもく》したオレを、キョウは見逃《みのが》さなかった。

「なによ、鼻の下をのばしちゃって」

「なっ……べ、べつにのばしてねェし！」

「ふん、ザンキのおっぱいばっかり見てたくせに」

「ううむ、百六センチ……」

「はあ!?」キョウがオレの胸倉をギュウギュウ摑みあげた。「やっぱり見てたんじゃん!」

「いやいやいやいや! 違う違う違う違う!」

「あの女狐《めぎつね》……きっとあのおっぱいで、上層部の連中もたぶらかしたに決まってんだから」


里中に貼られていたポスターには、灰色の冷たい目と顔の刃傷は写っていたけど、その大きな胸は写っていなかったんだ。

万雷《ばんらい》の拍手のなか、演壇に上がってきたのは、そんなポスターで何百回も見たことのある女だった。

2

葵《あおい》ザンキは、淡々《たんたん》と聴衆に語りかけた。その言葉は派手でも豪華でもなかったけど、ありのままで、嘘《うそ》がないように思えた。

「この里は戦《いくさ》で疲弊《ひへい》している。わたしのことを道隠《みちがく》れ至上主義者と呼ぶ者もいるようだが、わたしは戦を好まない。戦は悪だ。完全なる悪だ。しかし、降りかかる火《ひ》の粉《こ》は払わねばならない。道影となるからには、里の全住人の安全と健《すこ》やかな生活を第一に考えるべきだ。だからわたしは、アカデミーの再興と、忍《しのび》の再組織化が急務だと考える。組織から離れた忍がいま、この里の治安状況を著《いちじる》しく脅《おびや》かしている。まずは彼らを組織に戻す。同時に、若い世代の育成にも力を入れていこうと思う」

「あの華奢《きやしや》な顔に騙《だま》されちゃダメよ、トウ」キョウが耳打ちをしてきた。「あの女は根っからの戦争屋なんだから」

「……………」

オレはキョウの紅《あか》い唇《くちびる》を盗み見た。まだ唇に、彼女の唇のやわらかい感触が残っていた。

「聞いてんの、あんた？」

「あっ……ああ」目をそらす。「だけど、あいつの言うことも、わかんねェわけじゃねェけどな。アギトみたいなやつらは、組織から離れちまったから、ツルんで悪さをしてるわけだろ？」

「あいつは社会のダニよ！」

「元はすげェ忍だったんだぜ。オレやお前だって、戦が激しくなってアカデミーが封鎖《ふうさ》されなきゃ、いまごろは中忍《ちゆうにん》くらいにはなってたかもしんねェし」

「わたしは、この里に忍役《にんえき》を導入《どうにゅう》しようと思っている」ザンキは言葉を継《つ》いだ。「九歳になった里人《さとびと》全員に、二年間のアカデミーでの修業を義務づけようと思っている。もちろん、そのまま忍になる者もいるし、そうじゃない者もいる。しかし、忍役によって、里人のひとりひとりに危機意識をきちんと持ってもらい、己《おのれ》の身を守る術を習得してもらいたい」

聴衆のあいだから、拍手が湧《わ》き起《お》こった。

「そりゃ、ここにいる年寄りたちはいいわよ」キョウがまたぞろケチをつける。「もう忍役なんて関係ないんだから。でも、子供たちはどうなるの？　九歳から人殺しの訓練をさせられるのよ」

しかし、さすがのキョウも、自分の言葉がそっくりそのまま大声で叫ばれるとは、思いもしなかったようだ。

「子供たちに九歳から人殺しの訓練をさせるんですか？」その声は突然、聴衆たちのあいだから響《ひび》き渡《わた》った。「それで、里のためにはよろこんで死ぬことを学ばせるんですか？」

ザンキから表情が消え、冷酷な拷問官《ごうもんかん》の顔をのぞかせる。聴衆たちがふりむいたその先にいたのは――

「！」キョウが目を見張った。「……鰆目《さわらめ》先生？」

「葵ザンキ……わたしがわかりますか？」鰆目のじじいが言った。その顔は、教室にいるときとはくらべものにならないほど険《けわ》しかった。「わたしは、あなたに粛清《しゆくせい》された鰆目ムギの父親です」

「よい！」ザンキは、鰆目のじじいに詰《つ》め寄《よ》る暗部《あんぶ》たちを制した。「迂闊《うかつ》に動くな……鰆目ムギ、元諜報部《ちようほうぶ》の鰆目部長か」

「息子《むすこ》はあなたに殺されました」

「……」

口を開く者は、いなかった。

前庭は、水を打ったように静まり返っていた。

「な、なんで鰆目のじじいがこんなところにいるんだよ？」

「シッ！」オレの質問を、キョウは腕をふって払いのけた。「黙ってて」

「ご子息《しそく》のことは、残念に思っている」ザンキが静かに言った。「たしかに、彼はわたしの尋問《じんもん》中に命を落とした」

「尋問……拷問の間違いでは？」

「どう呼ぼうと、かまわない……あなたが拷問と呼ぶのなら、それでもいい」

鰆目のじじいは、壇上のザンキをグッとにらみつけた。

「戦は悪だ……もちろん、拷問も悪だ。そして、わたしはこの里の悪を司《つかさど》る者になるつもりだ」ザンキはひと呼吸つき、「あなたのほうから、わざわざ出むいてくれたことに感謝する」

「……」

「わたしたちは、あなたの行方《ゆくえ》を追っていた。あなたに殺されたある女の子の日記に、あなたのことが書かれていたのでね」

「日記？」鰆目が目をすがめる。「なんの日記ですか？」

「あなたの教え子の」

「！」

オレとキョウは顔を見合わせた。ザンキは、ミナミの日記のことを言っているんだ。

「鉏飾院《そさいいん》を発動する代償《だいしょう》として、あなたは教え子たちの命を差し出した」

ザンキがなにを言っているのか、わからなかった。鉏飾院《そさいいん》を発動する代償に、教え子の命を差し出したって？　混乱したオレの頭は、ものを考えられる状態じゃなかった。

ウチらは鉏飾院《そさいいん》の契約書にサインをしてしまった――ミナミの声が聞こえたような気がした。

「おそらく、鉏飾院《そさいいん》の契約書を盗み出したのは、鰆目ムギだ。そして、あなたは息子からその契約書を託《たく》され、発動条件とその代償がなにかを聞いた……違うか？」

鰆目はグッと奥歯を嚙《か》みしめた。

「鰆目ムギは、死ぬ前にこう言っていたよ。『鉏飾院《そさいいん》の契約書は燃やした、もう二度とあんな術が使われることはない』と。しかし、あなたは息子から託された契約書を燃やさず、あろうことかそれを使って禁術の発動実験を繰《く》り返《かえ》した」

「全《すべ》てはムギの仇《かたき》を討《う》つためです！」

「最近、巷《ちまた》を騒がせている白い女……あれは、禁術を発動した代償を回収にやってきた、鉏飾院《そさいいん》だろう」

「本当なんですか、鰆目先生！」キョウが躍《おど》り出《で》た。「先生が……先生がチクやミナミを殺したんですか？　ほかの人たちも？」

「キョウさん……？」鰆目が目をパチクリさせた。「な、なぜ、あなたがこんなところに……」

「答えてください、鰆目先生！」キョウは涙声で叫んだ。「先生がチクを殺したんですか!?」

「息子は……ムギは……」その声は重く、かすれていた。「鉏飾院《そさいいん》の発動条件を隠しました……あんな恐ろしい禁術を復活させたくなかったからです。わたしはいつもきみたちに言っていますね、たとえ戦のときだろうと、人間らしい心を失ってはいけない、と。ムギはわたしの教えを守ったんです。油隠《あぶらがく》れの里は我々の敵だが、敵だって同じ人間だということをわかっていたんです。だから、道影《みちかげ》が鉏餙院《そさいいん》を使って油隠れの里を殲滅《せんめつ》する計画を立てていると知ったとき、絶対に発動条件をだれにも漏《も》らすまいと誓《ちか》ったんですよ。それを、それを……」壇上のザンキを指さす。「この女が諜報部の全員を拷問にかけて、聞き出してしまったんです！　息子が口を割る前に、ほかの部員がしゃべってしまいました。それで、道影は鉏餙院《そさいいん》を発動して、油隠れの里を殲滅することができたわけです。ムギにできることは、鉏餙院《そさいいん》の契約書を盗み出して、わたしに託すことだけでした。わたしはムギを里の外へ逃がそうとしましたが、無駄《むだ》でしたよ。ムギは逃げませんでした。あんな非人道的な禁術を発動した道影を糾弾《きゆうだん》するのだと言って、組織へ戻ったんです……そして、葵ザンキに捕《つか》まって殺されたんです」

「だから……なに？」見開いたキョウの目は、涙に濡《ぬ》れるふたつのガラス玉だった。「もう戦は終わったのに、なんで……なんで、チクが殺されなきゃならなかったの？」

「わからないんですか!?」鯖目が吼《ほ》えた。「葵ザンキが道影になったら、もっと多くの罪《つみ》なき命が奪《うば》われるのですよ！　この悪女を倒すためなら、多少の犠牲《ぎせい》は仕方がないんです！」

「そんなの、わかんない！」キョウは全身で叫び返した。「あんたはただの人殺しよ！」

「違う！　わたしは、わたしは……」

「そこまでだ」いつの間にか、ザンキが鯖目の背後に立っていた。「お前の身柄《みがら》を拘束《こうそく》する」

「！」

ザンキが動く。

が、鯖目のほうが速かった。懐《ふところ》から巻物をひっぱり出すと、パッと投げ開き、呪印《じゅいん》の真ん中を掌底《しょうてい》で突いた。

「出《い》でよ、鉏飾院《そさいいん》！」


ドォオオオオオオオン！


「！」

道影殿《みちかげでん》を揺さぶるほどの爆音が轟《とどろ》き、前庭に集まった客たちをひとり残らず地面に打ち倒した。

「キョウ！」

爆風で吹き飛んだキョウを、オレは抱き止めた。オレたちはもつれ合って、ゴロゴロころがった。

客たちが悲鳴をあげる。

「な、なんだ、あれは!?」全員が空中を見上げて、指さした。「ふ、篩《ふるい》か……?」

「見ろ、でっかい篩《ふるい》が道影殿の上に浮かんでいるぞ!」

みんなの言うとおりだった。

日光をさえぎり、道影殿をすっかり翳《かげ》らせてしまうほどの巨大な鋼鉄の篩《ふるい》が、空に浮かんでいた。

それだけじゃない。

「!?」

篩《ふるい》の彼方《かなた》に、巨大な人影が、まるで霞《かすみ》のように揺らめいている。オレの目には、それが篩《ふるい》を手に持っている女の姿に見えた。頭には二本の角《つの》があって、赤い目と黒い牙《きば》を持った鬼婆《おにばば》に。

ほとんど透明の鬼婆は、小山ほども大きい。鳥たちが、その体を貫《つらぬ》いて飛んでゆく。どうやら、鳥たちには鬼婆が見えていないようだった。

鬼婆が篩《ふるい》を道影殿にむかってひとふりした。

「!」

道影殿の一角がえぐれた。

鬼婆がえぐり取った建物を篩《ふるい》にかけると、鉄筋《てっきん》やコンクリートの塊《かたまり》がサラサラの砂になって前庭に降りそそいだ。

西の愚公移山《ぐこういざん》、東の鉏篩院《そさいいん》。オレの頭のなかで、凶暴な声がいくつも叫んでいた。鍬《くわ》と篩《ふるい》、そりゃいったいどんな術なんだい？　油隠れの里がもとあった場所は、いまや砂漠になってて、草木一本生《は》えやしねェんだぜ――

招待客たちが悲鳴をあげて、我先《われさき》に逃《に》げ惑《まど》った。

鬼婆が篩《ふるい》をふる。

人間の体ごと、正門が根こそぎすくい取られ、サラサラの砂となって風に吹き流された。

「うわあああああ！」悲鳴が轟《とどろ》いた。「ふ、篩《ふるい》が襲ってくるぞ！」

こいつらにも、あの鬼婆が見えてねェのか⁉

「キョウ！」オレは地面にへたりこんで放心しているキョウをどやしつけた。「オレらも早く逃げ……」

が、オレは、そのままハッと息を呑《の》んだ。葵ザンキと対峙《たいじ》した鰆目が、印《いん》を結んでいる。

その腰帯《こしおび》には巻物が――鉏篩院《そさいいん》の契約書が差しこまれていた。

「！」

それは、鰆目がいつかオレらに血判《けつぱん》を捺《お》させようとした――鰆目学校の存続を訴《うった》えるための、あの巻物に間違いなかった。

3

鰆目《さわらめ》が気合もろとも印《いん》を結ぶと、鋼鉄の篩《ふるい》がザンキに襲いかかった。

ザンキは地面を蹴《け》って跳《と》び、空中で初撃《しょげき》をかわす。

「ふんっ！」

鰆目はすかさず印を結び直す。

すると鬼婆《おにばば》がくるりと篩《ふるい》を返し、後ろ手にザンキにむかってひとふりした。この一撃で、ザンキの胸がはだけた。

「！」

が、彼女はこぼれた大きな胸のことなど気にも留《と》めないばかりか、こんなものは邪魔《じゃま》なだけだと言わんばかりに舌打ちをした。

印を結び、術を発動しようとする。

篩《ふるい》のほうが速かった。

ブンッ、と風を切る音がしたと思うと、ザンキが風圧に吹き飛ばされた。それだけではない。篩《ふるい》は彼女の左腕を持っていってしまった。

「!?」

地面に降り立ったザンキは、どうにか体勢を立て直す。ちぎれた腕の付け根からは、ひどく血が出ていた。苦しそうに片膝《かたひざ》をつく。

暗部《あんぶ》の連中がすかさず彼女を背中に隠し、戦闘態勢を取る。

「やめろ……」ザンキは部下たちを制した。「お前たちが敵《かな》う相手ではない」

「どうですか、拷問《ごうもん》にかけられる味は?」鰆目が冷笑した。「すぐには殺しませんよ、葵《あおい》ザンキ。お前にもムギが味わった苦しみを、たっぷり味わわせてやります」

逃げろ! こいつらが殺《や》り合《あ》ってるこの隙《すき》に、逃げるんだ! 頭ではわかっていたけど、キョウを支《ささ》えていたオレは、ふたりのやりとりから目が離せなかった。

「鉏《そ》篩院《さいいん》を発動する代償《だいしよう》は……」ザンキがうめくように言った。「やっぱり、その契約書に血判《けつぱん》を捺《お》した者たちの命なんだな」

「そんなことは、とっくに調べがついているはずですよ」

「確信はなかった……諜報部《ちようほうぶ》もそこまでは摑《つか》んでいなかったからな」

「ムギは知っていましたよ」

「!」

「あなたの拷問に屈しなかっただけです」鯖目が勝ち誇ったように言った。「先代の道影《みちかげ》はそのことを知りませんでした……血判を集めなければ、術者の血縁者が連れていかれるということを」

いま、なんて言ったんだ? オレは耳を疑った。鉏《そ》餝院《さいいん》を発動する代償が、あの巻物に血判を捺したやつの命だってのか?

キョウを見やると、キョウが涙に濡《ぬ》れた目で見つめ返してくる。

「キョウ……お前、血判を捺したのか?」

答えはわかっていたけど、たしかめずにはいられなかった。あの日、キョウは率先《そっせん》して血判を捺そうとした。アギトのところへ行くオレを追ってこなかったら、一番に捺していたはずだ。

キョウはなにか言おうとしたけど、唇《くちびる》を震わせるばかりで、言葉は出てこなかった。

オレは鯖目をにらみつけた。

腹の底から、ドス黒い怒《いか》りが、マグマのように脳天を衝《つ》き上《あ》げた。

気がつけば、はじかれたように飛び出していた。

「ト、トウ!?」

前庭に敷《し》かれた玉砂利《たまじゃり》は、すっかり砂にうずもれていた。その砂は、数分前まで建物や、樹《き》や、そして人間の体だった。

標的をにらみつけたまま、オレは砂をすくって突進した。

「鯖目っ！」

ふりむいたやつの顔に、砂をたたきつける。

「うわっ！」

目を閉じてひるんだ一瞬の隙を衝《つ》いて、オレは腰帯《こしおび》から鉏《そ》飾院《さいいん》の契約書をひったくってやった。それは、オレがこれまでやったなかで、一番乱暴なかっぱらいだった。

「ぐぬうう……そ、それを返せ」

「ヘッ！　返せと言われて返すバカがいるかよ！」オレは攻撃に備《そな》えて、腰をぐっと落とした。「かかってこいよ、じじい、このヤイバ様が相手になってやるぜ！」

が、鯖目は動かなかった。なにかにおびえたように、上空を見上げた。

真昼の陽射《ひざ》しを受けてギラギラ輝いていた篩《ふるい》が、すうっと消えていく。

「!?」

戸惑《とまど》ったのは、オレだけじゃなかった。暗部たちも、そしてザンキも、なにが起こったのか、まるでわかっていないようだった。

真っ先に動いたのは、鰆目だった。地面に煙玉《けむりだま》をたたきつけた。ボンッ、と爆音が轟《とどろ》き、白い煙幕がやつの姿を隠す。

くそ、逃げられた！

煙が晴れると、鰆目の姿はもう影も形もない。そのかわり、白い着物を着た女がひとりいた。

その顔に表情はなく、まるで面をかぶっているみたいだった。額《ひたい》に、ちっぽけな赤い宝石のようなものが光っていた。あの子守唄が、かすかに聴《き》こえてくる。すぐに女が鼻唄を歌っているのだとわかった。

「！」

オレは目を見張った。女の帯紐《おびひも》は、先っちょのほうがちぎれていた。死ぬ間際《まぎわ》に、チクにむしり取られたに違いない。

こいつが……体のなかで血が滾《たぎ》った。こいつが、チクを殺《や》ったんだ！

「に、逃げろ！」葵ザンキが叫んだ。「それは鉏飾院《そさいいん》の回収係だ！」

「……え？」

「契約書に血判を捺した者の命を回収しに来たんだ！」

「！」

あっけに取られているうちに、白い着物の回収係が影のように動く。鼻唄を歌いながら。

そのむかう先には、地面にへたりこんだキョウがいた。

回収係が青白い腕をのばす。

キョウは動けない。

落ちていたクナイを拾い上げると、オレはふたりのあいだに割って入った。

「逃げろ、キョウ！」

怒鳴《どな》りつけながら、回収係にクナイを突き刺した。

陽炎《かげろう》のように揺らめく回収係。クナイをかわし、その切っ先にチョンと指先で触れた。

「!?」

クナイが砂になって、サラサラとオレの手からこぼれ落ちていった。

「くそっ！」素早《すばや》く印を結ぶ。酉《とり》、巳《み》、申《さる》、辰《たつ》。「火遁《かとん》・火廻《ひまわり》！」


ゴォオオオオオオオオ！

至近距離から業火《ごうか》を吐きつけてやったけど、やつにはそよ風ほどにも効《き》かないようだった。

「ダメか！」

キョウを肩に担《かつ》ぎ上《あ》げると、オレはできるだけ遠くに跳《と》び退《すさ》った。

が、影のようにのびた回収係は、すでに着地点に先まわりしている。

「チイッ！」

オレは空中でキョウをぶん投げた。

キョウが小さな悲鳴をあげる。

回収係の腕がキョウのドレスを切《き》り裂《さ》く。すると、そのスカートの部分が砂になって、パラパラとこぼれ落ちた。

「！」

キョウの太腿《ふともも》があらわになる。

回収係はもう、次の攻撃体勢に入っている。キョウがとっさにのけぞる。青白い腕が彼女の胸元で一閃《いっせん》した。

砂と化すドレス。

「キャッ」

キョウの胸がこぼれた。

「ナ、ナイス！」思わず本音《ほんね》が出てしまった。「あ、じゃなくて……気をつけろ、キョウ！」

「遅いわっ！」胸元を隠しながら、キョウががなった。「覚《おぼ》えときなさいよ、トウ！」

「こいつに触《さわ》られんな！」オレはあわてて言い直した。「チクみたいになっちまうぞ！」

片腕で胸を隠しているキョウは、しかし、思うように身動きがとれない。

「逃げろ、キョウ！」

「そ、そんなこと言ったって……」

一瞬のことだった。下から突き上げた回収係の腕が、ドスッ、と彼女の裸《はだか》の胸を貫《つらぬ》いた。

「!?」

キョウの目が見開き、そして、ゆっくりとくずおれる。

「キ……キョウ！」

オレの絶叫を、爆音がかき消した。


ボンッ！


「!?」

体を刺し貫かれたキョウが、白煙となって雲散《うんさん》した。

「ここよ、トウ！」本体はすでに外壁の上にいた。「そっちは分身！」

が、胸を撫《な》で下《お》ろす暇もなく、回収係がすうっとキョウのほうへ漂ってゆく。

壁を蹴って跳び上がるキョウ。

「こぉのおおおおお！」

回収係に落とされたキョウのかかと落としは、しかし、地面を打っただけだった。

玉砂利が舞い散り、地面にボコッと亀裂《きれつ》が走る。

敵は、風に揺れる柳《やなぎ》のように、キョウの背後にまわりこむ。

すかさず数人の暗部が、回収係を取《と》り囲《かこ》んだ。目配《めくば》せをし、いっせいにかかっていく。

が、回収係はクナイを持った敵のことなど、まるで眼中にない。攻撃をかわしながらも、その無表情な顔はキョウにむけられていた。

「ザンキさん！」オレは声をふり絞《しぼ》った。「契約をなかったことに……契約をなかったことにゃできねェのかよ！」

暗部の攻撃をすりぬけた回収係が、一直線にキョウのほうへ漂ってゆく。

「お前の血で彼女の名前を塗りつぶすんだ！」ザンキが叫び返した。

「！」

「しかし、今度はお前が狙《ねら》われるぞ！」

「ヘッ……上等よ！」

オレは迷わず鉏篩院《そさいいん》の契約書を投げ広げ、親指の腹を嚙《か》み切《き》った。

「やめて、トウ！」攻撃をかわしながら、キョウがわめいた。「そんなの、絶対にダメェ！」

「言ったろ？」オレは親指の血でキョウの名前を消した。「お前はぜってーにこのオレが守ってやんだ」

キョウの名前にオレの血が、まるで流砂《りゅうさ》のように吸いこまれてゆく。たちまちキョウの名前が消え、真《ま》っ赤《か》な血だけがあとに残った。

と、キョウにのびかけていた腕がピタッと止まり、回収係の無表情な顔が、まるでぜんまい仕掛けのようにオレのほうをむいた。

「こっちに来いよ、今度はオレとイチャつこうぜ！」

白い着物をはためかせ、子守唄を引きずりながら、亡霊のように飛んでくる回収係。

「！」

オレは頭を下げてやつの腕をかわし、体をそらせてその鋭い爪から逃《のが》れた。バク転で間合いをあけ、砂をすくい取って投げつける。

まるで効かねェ！

横合いから暗部が、太刀《たち》をふりかぶって切りかかる。

「死ねっ！」

回収係が腰を落として、そいつの胸を軽く突いた。すると、人間の体がサラサラの砂になって、風に吹き流された。

「トウ！」

「来んな、キョウ！」オレは怒鳴り返した。「こいつの標的はオレだ！　手出しさえしなきゃ、ほかのやつが狙われることはねェ！」

「で、でも！」

「でもクソもねェ！」下からの突きを、体をそらせてかわす。「たのむから、一度ぐらいオレの言うことを聞きやがれ！」

間合いを読み損《そこ》ね、やつの爪《つめ》がオレの耳をかすめた。

「!?」

痛みはなかったけど、手で触れると、そこにはもう耳はなかった。砂がオレの顔から流れ落ちていく。

うろたえたオレは、致命的な過《あやま》ちを犯《おか》してしまった。奇声をあげて、自分から敵に殴《なぐ》りかかっていっちまったんだ。

回収係が、少し笑ったように見えた。

次の瞬間、やつの爪がオレの胸に突き刺さった。

「トウ！」キョウが絶叫した！「トゥォオオオオオ！」

オレは膝から崩《くず》れ落《お》ちた。

白い着物が背をむけて遠ざかる。鼻唄を歌いながら。まるでオレの生き死になどどうでもよくて、ただやらなければならないことをやっただけだ、とでも言っているみたいだった。

が、オレの体は砂になりもしなければ、チクみたいに真っ白な死体になることもなかった。

鼻唄がやむ。回収係がふりむき、無表情な顔を少しかしげた。

「……？」

オレはやつに突かれた胸に、触れてみた。背広の胸ポケットになにか入っている。取り出してみると――

「！」

オレの手のなかで、チクのかえる板《いた》が、サラサラの砂になった。背広に着替えたとき、胸ポケットに入れていたことを、すっかり忘れていた。

「チク……」オレはギュッと砂を握《にぎ》りしめた。まるでチクをこの手に摑んでいるみたいだった。「オレをたすけてくれたのか、兄弟?」

感傷に浸《ひた》っている暇はない。

回収係がグンッと眼前に迫《せま》る。心なしか、その顔に苛立《いらだ》ちが現れているみたいだった。

その証拠《しょうこ》に、やつはもう歌っていなかった。

オレは立ち上がろうとしたけど、踏ん張りがきかない。あまりのショックに、脚《あし》が麻痺《まひ》したみたいになっていた。

「!?」

「トウ、なにやってんのよ! 早く逃げなさいよ、トウ!」

ゴウッ、と風を割って、回収係が腕を突き出してくる。

しかし、死を司《つかさど》るやつの腕が、オレに触れることはなかった。ボコッ、と地面が陥没《かんぼつ》した次の瞬間、なにかが地面の下から飛び出してきたんだ。


ドッゴォオオオオオオン!


オレは目を見張った。

その毛むくじゃらの巨大な生き物は、三階建ての道影殿《みちかげでん》とほとんど同じ身《み》の丈《たけ》だった。

そいつが鋭い爪を一閃させると、オレを殺そうとしていた回収係の体が四つに裂けた。

「⁉」

一瞬のことで、なにが起こったのか、まるでわからなかった。

サラサラと砂に還《かえ》ってゆく回収係を、オレは口をあんぐり開けて見つめた。

「トウ！」キョウが走ってきて、オレの首っ玉に抱きつく。「大丈夫、トウ！　やられなかった⁉　ああ……あんた、耳が……耳が……」

「大騒ぎすんな……耳のひとつやふたつ、どってことねェ」

「でも！」

「大丈夫、お前の声はちゃんと聞こえてっからよ」

「礼ならいらないぜ」土煙のなかから声がした。「これで貸し借りなしだ、八重歯《やえば》」

「……！」

もうもうたる砂塵《さじん》のなか、巨大な土竜《もぐら》の頭の上に、胡坐《あぐら》をかいたアギトが仙人《せんにん》のようにふんぞり返っていた。

「こいつはオレの口寄《くちよ》せ獣《じゅう》、土々逸《どどいつ》ってんだ」アギトが言った。「お見知りおきを」

土竜の土々逸が、キーキー、鳴いた。

「あ、あんたは……アギ――」オレはあわててキョウの口をふさいだ。「んんん……なにすんのよ！」

「黙ってろっ」

それというのも、アギトの頭には黄金《おうごん》の兜《かぶと》が光っていたからだ。胸には宝石をちりばめたネックレスを幾重《いくえ》にも巻きつけ、指にも金銀の指輪が光っている。

「まったくよぉ……」ニヤリと笑ったアギトが、まるで花札《はなふだ》のように小判《こばん》を広げて見せた。

「子分どもを食わせていくのも、楽じゃねェぜ」

なるほどな……やつの笑《え》みが、オレにも伝染する。道影の隠し財産を、首尾《しゆび》よくいただいちまったってわけか。

茫然《ぼうぜん》としているキョウを後目《しりめ》に、アギトを乗せた土々逸は、また地響《じひび》きを轟かせて地面にもぐりこんでしまった。

気がつけば、オレとキョウは忍《しのび》たちに取り囲まれていた。

4

招待客は、ひとり残らず避難したあとだった。

破壊をまぬがれた宴《うたげ》の名残《なご》り――演壇や花やテーブルの料理――が、ひどく色褪《いろあ》せて見える。

　鉏飾院《そさいいん》にえぐり取られた道影殿《みちかげでん》から、瓦礫《がれき》が崩《くず》れて落下した。

「なんだ、いまの口寄《くちよ》せ獣《じゅう》は？」部下に羽織《はおり》をかけられた葵《あおい》ザンキが、ゆっくりと近づいてくる。自分で止血をしたのか、ちぎれた腕からはもう血が出ていなかった。「きみのことを、八重歯《やえば》と呼んでいたようだが」

　オレはキョウを背中に隠し、じりじり狭《せば》まる包囲網《ほういもう》をにらみつけた。

「ち、違います！」キョウがしどろもどろになって声を張りあげた。「彼は八重歯なんて名前じゃありません！　調べてもらえば、すぐわかります！」

「きみたちは、先代様の財宝を盗みにやってきたんだな？」

　オレは上着を脱《ぬ》ぎ、キョウの剝《む》き出《だ》しの両肩にかけてやった。

「あの口寄せ獣を操《あやつ》っていたのは、貉《むじな》アギトだろ？」ザンキは静かに言葉を継《つ》いだ。「隠さなくてもいい……あの男は元暗部《あんぶ》だ。それがいまや、コソ泥に身をやつしてしまったか」

「ヘッ！」

　オレとザンキの視線がぶつかって、はじけた。

　ザンキが目を細める。

「バレちまっちゃ、しょうがねェ」オレはどっかり胡坐《あぐら》をかいた。「オレも男一匹よ、逃げも隠れもしねェ！　さあ、煮《に》るなり焼くなり、好きにしやがれ！」

ゴンッ！


キョウの鉄拳《てっけん》が脳天にふり降ろされた。

「あんたねえ……なにかっこつけてんのよ！」キョウは、気絶しかけたオレの胸倉《むなぐら》を掴《つか》みあげて揺さぶった。それから、ザンキに訴《うった》えかけた。「あたしたちは関係ないんです！　あのヤクザ者に脅《おど》されて、無理矢理協力させられていただけで――」

「その件は、とりあえず後まわしだ」

「………」

「さあ」ザンキが腕を差し出す。「鉏《そ》飾院《さいいん》の契約書を渡してもらおう」

「……！」

「きみが持っていても、仕方のないものだ」

「だいたい……」オレは乾《かわ》いて粘《ねば》つく口を開いた。「鉏《そ》飾院《さいいん》ってのはなんなんだよ？」

「むかし……六道仙人《りくどうせんにん》の時代に生きていた、桶屋《おけや》の女房《にょうぼう》だと言われている。彼女自身も働き者で、いつも鍬《くわ》を持って畑を耕《たがや》していた。類《たぐい》まれなる美貌《びぼう》の持ち主だったせいで、好色《こうしょく》者《もの》の領主の目にとまった。領主は彼女の夫を殺し、彼女を妾《めかけ》として召《め》しあげた。彼女を取り返そうとした父親も、彼女の目の前で斬首《ざんしゅ》された。彼女は悲しみのあまり、ある日、篩《ふるい》に鉄線をしこんで城に持ちこみ、それで領主の首を落とした」

「！」

「そして、自害した」ザンキはひと息つき、「それから、人々は彼女のことを鉏《そ》篩院《さいいん》と呼ぶようになった」

「かわいそう……」キョウが目をしばたたいた。「そんな悲しい話があったなんて」

「彼女の魂《たましい》は妙神山《みょうじんざん》へ飛び、そこで何千年も修業を積み、ついに鬼になったと言われている」

「鉏《そ》篩院《さいいん》か……」オレの声はかすれていた。「どうやら契約書の持ち主が替わると、術はいったん解除されるらしいな」

「そのようだな」

「そんで術が解除されたら……」オレはやつから目をそらさずに言った。「あの薄気味の悪《わり》ぃ回収係が出てきて、術を発動した代償《だいしょう》を清算する……そうだろ？」

「契約書を渡せば、きみらが貉アギトの計画に加担したことは、忘れてやろう」

「……！」

「ほ、本当ですか！」キョウが色めき立った。「ほら、なにやってんのよ？　そんなもん、あんたが持っててもしょうがないでしょ……さっさと渡しちゃいなさいよ！」

オレは懐《ふところ》から契約書を取り出し、それをザンキに放《ほう》った。

同時に印《いん》を結び、術を繰《く》り出《だ》す。

「火遁《かとん》・火廻《ひまわり》！」

オレの口から噴出した火炎が、空中の契約書を捉《とら》えた。

ザンキが目を剝《む》く。

鉏飾院《そさいいん》の契約書は、やつの目の前で焼け落ちていった。

「キャアアアアア！」キョウが頭をかきむしった。「な、な……なにやってんの、あんた!?　なんてことしてくれてんのよ!?」

もしここでザンキが口を開かなかったら、またぶん殴《なぐ》られていただろう。

「どういうつもりだ？」

「オレはアギトの計画に加担した」

「………」

「処罰したきゃ、しろよ……だがなあ、あの契約書をあんたに渡すわけにゃいかねェ」

キョウが目を白黒させながら、オレとザンキのやりとりを見守っていた。

「オレは頭が悪《わり》ぃから、むずかしいことはよくわかんねェ」オレは言った。「だけど、あんたと鰆目《さわらめ》のじじいが同じタイプの人間だってのはわかる……あんたらは大義《たいぎ》名分《めいぶん》さえありゃ、平気で人を殺せるんだ。そんなやつらにゃ、この契約書はぜってーに渡さねェ」

ザンキの目が鈍《にぶ》く光り、オレはなにかを覚悟する。

だけど、次の瞬間、次期道影候補の目がふっと和《やわ》らいだ。

「この里にも、まだきみのような少年がいたのか」そう言って、かすかに笑ったんだ。「契約書を燃やしてくれたことに感謝する」

「……へ？」

「わたしもきみと同じことをするつもりだった……しかし、里の上層部はそれをけっして許さなかっただろう。せっかく手に入れた強力な戦力だからな。あの契約書は、この世に存在してはいけないものなんだ。きみが燃やしてくれたおかげで、わたしは厄介《やっかい》な仕事をせずにすんだよ」

オレは強くうなずいた。

「しかし、それだけではないのだろう？」

「……？」

「きみは恋人を危険な目に遭《あ》わせた術を、許せなかったんだろ?」

「なっ!」

な、なに言ってんですか! オレとキョウはいっしょになって否定した。こ、ここ、恋人だなんて……ぜんぜん、そんなんじゃありませんよ……もう、ぜんぜんぜんぜん! そうっすよ、ぜんぜんそんなんじゃねェし……オレはもっとボンッキュッボンな女が好みなんすから……なんですってぇ、もっぺん言ってみなさいよ!

「だが、契約書を燃やしても、契約は解除されない」

ザンキがそう言うと、キョウの拳《こぶし》が止まった。

「わたしの調べたところでは、あの回収係は妙神山の修験者《しゆげんじや》だ。鉏《そ》篩院《さいいん》の回収係を二千年勤《つと》めあげたら、霊験《れいげん》を得て次の修験段階へ進むことができる。やつらはたとえ下界で致命傷を負《お》ったとしても、霊峰《れいほう》の精気が癒《いや》してくれるという」

「てことは……」オレはゴクリと固唾《かたず》を呑《の》んだ。「あいつはまた現れるってことか?」

「きみの命を回収するまで、何度でも現れるはずだ」

「そんな!」キョウが叫んだ。「なにか……なにか契約を無効にする方法はないんですか!?」

「どんな契約も、ある一定の条件を満たせば無効にすることができる……ただ、いまのところ、だれもその条件を知らない」

「！」

「せいぜい気をつけることだ。鉏飾院《そさいいん》の回収係だけでなく、鮪目もきっときみたちを狙《ねら》ってくる……彼はきみたちがまだ契約書を持っていると思っているからね」

「そんな顔すんなよ……」オレはキョウに笑ってみせた。「オレなら大丈夫さ、このヤイバ様がこれしきのことでやられるわけねェだろ」

「でも！」

「もしもきみたちが鉏飾院《そさいいん》を無効化するための条件を突き止めてくれたら、先代様の財産強奪《ごうだつ》の件は不問にしよう」暗部《あんぶ》を引き連れて歩き去る前に、葵ザンキはそう言った。「あの財産はもともと、そのために使われるはずだったのだから」

第五章

ボロボロ

1

家に帰り着くや、キョウはオレの顔を半分ほど、包帯でぐるぐる巻きにした。

「大げさだって……」

「動かないっ！」

「……」

陽《ひ》はすっかり落ち、東の空には大きな月がかかっていた。やさしい春風が開け放った窓から吹きこみ、包帯を巻くキョウの髪をゆらめかせる。

それを見ていると、心から彼女のことが愛《いと》しいと思えた。長い、本当に長い一日だったんだ。

「はい、これでよし……とりあえず、消毒だけはしといたからね」

「うん」

手で触れてみると、左の耳が本当に消えてなくなっていた。溜《た》め息《いき》が漏《も》れた。すると、キョウの顔が不安に翳《かげ》った。

「痛い、トウ？」

が、彼女の声は、文字どおりオレの耳に入らなかった。

鉏飾院《そさいいん》の回収係がまた襲ってくる。そう考えただけで、わあっと叫んで逃げ出したくなった。

今日《きょう》はたまたまアギトがたすけてくれたけど、二度目はそういうわけにはいかないだろう。

ちくしょう、いったいどうすりゃいいんだ……？

そのことに心を奪《うば》われていたせいで、キョウが夕餉《ゆうげ》の支度《したく》をはじめたことにさえ、まったく気がつかなかった。

まな板をたたく包丁《ほうちょう》の規則正しい音が乱れ、オレは台所を見やる。

泣き声を押し殺しながら、キョウは野菜を切っていた。

「もうすぐだからね」彼女は洟《はな》をすすり、陽気に言った。「今日は美味《おい》しいものをつくったげるからね」

「ああ」

どうしたらいいのか、まったくわからなかった。

それでも、キョウの悲しげな横顔を見ていると、自分がなにをすべきなのかが、すとんと腑《ふ》に落ちた。

キョウがオレのためにこしらえてくれたのは、一杯のラーメンだった。

「……」

「むかしさ……戦《いくさ》が激しくなる前に、よくチクといっしょに三人で食べに行ったじゃん」

キョウは少し照れくさそうで、「前にチクがさ、トウがラーメンを食べたがってたって言ってたの思い出したから……いまは麺《めん》なんか手に入らないからさ、小麦粉をちょっとずつ節約して、自分で打ってみたんだ」

オレは熱々のスープに沈んだ、不ぞろいの麺を見下ろした。ネギのかわりに、キョウが摘《つ》んできたフキノトウが入っていた。チャーシューなんかもちろんないけれど、煮《に》玉子《たまご》が一個丸ごと入っていた。

「食べてみて」

「でも……」オレはキョウをふりむいた。「お前のぶんは?」

「あたしはいい」キョウがにっこり微笑《わら》った。「お腹《なか》、ぜんぜん減《へ》ってないもん……ね、冷《さ》めないうちに食べてみてよ」

「……」

どんぶりを持ち上げ、スープを一口飲む。

それから、麺をすすった。

「どう？　美味しい？」

「うん……うん」

オレは何度もうなずきながら、ラーメンを口に運んだ。ガツガツ食ってないと、涙が出ちまいそうだった。

キョウはラーメンを貪《むさぼ》るオレを、ニコニコしながら眺めていた。悲しみに押し流されないように、必死でニコニコしていた。

その夜のラーメンは、むかしオレたちがよく行った三楽《さんらく》の味とはぜんぜん違ったけど、世界中のどんなラーメンよりも美味《うま》かった。

「ぷはあ！」スープまですっかり飲《の》み干《ほ》すと、オレはその勢いで立ち上がった。「ごっそさん！」

「お粗末さまでした」

「さあて、ちょっくら腹ごなしに散歩でもしてくっかな」

「……………」

「すぐに帰ってくっからよ」オレはふり返らずに、玄関扉を開けた。「ちゃんと戸締《とじま》りだけはしとけよ」

「嘘《うそ》つき」

「……」

「もう帰ってこないつもりでしょ？」

「な、なに言ってんだよ、お前……」オレは歯を食いしばり、ちゃんと笑顔をつくってからふり返った。「ちょっと散歩に――」

キョウがオレの腕のなかへ飛びこんできた。

「！」

「行っちゃヤだ！」キョウはオレの胸にすがりついて、まるで子供みたいにわんわん泣いた。「あたしをひとりぼっちにしちゃヤだ！」

「だから、ちょっと散歩に行くだけだって……」

「嘘つき！」泣《な》き腫《は》らした目で叫ぶ。「いっしょにいたら危ないから……だから……だから、トウは出ていくつもりなんでしょ！」

「……」

「トウはいつだってそう！　自分でなんでもかんでも決めて……あたしの……あたしの気持ちなんかちっとも考えてないんだから！　あたしは……あたしはトウといっしょなら怖《こわ》くない！　トウがいてくれるから、あたしはあたしのままでいられるの！」

なにかが、オレのなかではじけた。

絶対にやっちゃいけないことを、やってしまった。どんなことがあっても隠しておかなきゃならない心を、さらけ出してしまった。

キョウの細い体を——オレは抱きしめた。この世の悲しみを、丸ごと抱きしめているみたいだった。

「わかってくれよ、キョウ……」彼女の髪の香りを、胸一杯に吸いこんだ。「オレといっしょにいたら、お前まで巻《ま》き添《ぞ》えを食っちまうんだ」

「じゃあ、いっしょに逃げよっ！　ね、そうしよ！」

「そんなわけにゃいかねェ」

「どうして!?」

「鰙目《さわらめ》のじじいを……チクの仇《かたき》を取らなきゃなんねェ」

「！」

「オレらは三人で一人前だ」オレはキョウの泣《な》き濡《ぬ》れた瞳《ひとみ》をのぞきこんだ。「もしここでお前と逃げちまったら、オレは……オレはオレじゃなくなっちまう」

彼女はオレの胸に顔をうずめて、ひとしきり泣いた。

どれくらい、そうしていただろうか？

まるで木の葉が枝から落ちるように、彼女はオレから体を引き離した。

「キョウ……?」

オレを見つめながら、キョウはゆっくりと着物を脱《ぬ》いでいった。

「な……なにやってんだよ、お前?」

「夾竹桃《きょうちくとう》には、毒があるの」

「……」

「でも、薬にもなる……空気だってきれいにしてくれる」肩からはらりと着物が落ちると、彼女のなめらかな体が現れた。「あたし、いつも思ってた……トウ、あんたがいつもあたしたちの空気をきれいにしてくれてるって」

「!」

オレは、ゴクリと唾《つば》を呑《の》む。

その瞬間、世界にはなんの悩みもなく、芳《かぐわ》しい花香《かこう》が満ちていて。

月明かりの下で見る彼女の体は、青白い炎を内側に宿しているみたいだった。長い髪が、胸を隠している。その下で、彼女の心臓も、ドキドキしているのがわかった。

そう、オレと同じように。

「いいのか……?」

「そのかわり……」目に涙をたたえた彼女が、こくんとうなずく。「痛くしたら……ぶっ飛ばすから」

オレは彼女の細い腰を抱き寄せ、唇《くちびる》を重《かさ》ねた。

また彼女が、ボンッ、とはじけて消えちまうんじゃないかって思ったけど、そうはならなかった。

彼女は、オレの口づけに応《こた》えてくれた。オレの切れた唇に、不器用に、だけどやさしく、キスをしてくれた。

オレの腫れてふさがった瞼《まぶた》に唇をつけ、熱っぽいオレの額《ひたい》に額を押し当て、包帯の上からなくなった耳を撫《な》でてくれた。

震える彼女を、オレはそっと横たえた。顔にかかった髪をそっとかき上げてやる。とてもいいにおいが、鼻先をよぎった。

腹に手を置くと、彼女の唇から「あ……」という小さなうめきが漏《も》れた。

「怖いか……?」

「ううん……平気」

「本当にいいのか……無理してんじゃ……」

「無理なんか……してない」

「……」

「あたしは……あたしは、こうしたいの」

オレが笑いかけると、彼女も泣き笑いになった。

彼女は手をのばし、オレの頬《ほお》にそっと触れた。

「でも、ひとつだけ約束して」涙目《なみだめ》で、そう言った。「お願いだから、死なないで……絶対に、絶対に、帰ってきて」

オレはキョウを見つめた。

手を下のほうへのばすと、キョウが目を閉じた。

着物を摑《つか》んで、彼女の体にかけてやった。

「トウ……?」

「この続きは、オレが帰ってきてからだ」オレは彼女を抱きしめた。「心配すんな、ぜってーに帰ってくるからよ」

キョウがまた泣いた。

オレはとても大切なものを、いつまでも、いつまでも、この腕に抱いていたかった。

2

襲撃は、二日後の真夜中だった。

不吉《ふきつ》な風が転がるように吹きつけ、草木をザワつかせていた。夜啼《よな》き鳥が、おびえたように啼いている。異形《いぎょう》の者がだれかを真っ白な死体に変えるには、もってこいの夜だった。

三日月が西の空に傾きかけたころ、白い着物が幽霊のように窓の外をよぎった。

来やがった！

オレは闇《やみ》のなかで、息を殺して、次に起こることを待ち受けた。

玄関扉がガタガタッと音を立て、それから静かになった。

どこかで犬が吠《ほ》えた。

戸口の下からすうっと刃物が挿《さ》しこまれると、扉が開かないように押さえておく心張棒《しんばりぼう》が、カランと音を立てて土間に転がった。

その音がいやに大きく感じられた。

玄関扉が押し開かれる。

白い着物を着た人影が、するりと家のなかへ入ってきた。頭にほっかむりをしているから、顔は見えない。あたりを素早《すばや》くうかがい、オレの寝床《ねどこ》を見つけると、部屋のなかへ躍《おど》り上《あ》がった。

頭からふとんをかぶって眠っているオレの上に、黒い影が落ちる。呼吸を整《ととの》えるための間《ま》があった。

太刀《たち》を持った腕がゆっくりと持ち上がる。闇のなかで白刃《はくじん》が鈍《にぶ》く光り、ドスッ、とオレの体を刺《さ》し貫《つらぬ》いた。

「!?」

狼狽《ろうばい》する敵に、オレは考える暇を与えなかった。

「おらあああ！」天井板を割って飛び降りたオレは、敵にクナイをたたきつけた。「もらった！」

「！」

敵はとっさにバク転で、オレの初撃《しょげき》をかわす。その拍子《ひょうし》にふとんがめくれ、オレが人の形に整えておいた枕が蹴散《けち》らされた。

暗い部屋のなかで、オレは敵と対峙《たいじ》した。

敵の顔は、ほっかむりをした手ぬぐいの陰《かげ》に沈んでいた。

「それで変装してるつもりかよ」クナイを構《かま》えながら、オレは声を押し出した。「ええ？鯖目《さわらめ》先生よお」

「！」

「もしあんたが回収係なら、壁なんか通り抜けられんじゃねェの？」

一拍の間《ま》のあと、鼻で笑う音がした。

「そのとおりですよ」

オレは目をすがめた。

「回収係がきみを殺す前に、契約書を返してください」鰆目はほっかむりを取った。「あれは、きみが持っていても意味がありません」

「これか?」オレは懐《ふところ》から巻物を取り出した。「ほしいなら、力ずくで奪《うば》ってみやがれ」

「……!」

「あんたのことは気の毒に思う」オレは言った。「オレやキョウやチクだって……いや、鰆目学校に通ってたやつらはみんな、あの戦《いくさ》で大切な人を失ってる」

「知ったふうな口をきくな!」

声を荒《あら》らげた鰆目に、オレは度肝《どぎも》を抜かれた。

「敵に殺されたのなら……まだしも諦《あきら》めがつく。あれは戦だったのだから……しかし……しかし、息子《むすこ》は味方に殺されたんです! 心から信頼していた組織に裏切られ、命を奪われたんです! ムギがどんなにツラかったか……」

「チクやミナミも、あんたのことを信頼してたんだぞ」

「!」

「もちろん、キョウもな」オレは奥歯をギュッと嚙《か》みしめた。「あんたの言葉を信じて、あんたが自分たちを騙《だま》すはずがねェって信じて、鉏飾院《そさいいん》の契約書とも知らずに血判《けっぱん》を捺《お》した……そんなやつらの……そんなやつらの気持ちを考えたことあんのかよ、ああ⁉」

「うわあああああ!」

鰆目が太刀を打ちこんでくる。

ひどい動揺が太刀筋《たちすじ》にあらわれ、どこもかしこも隙《すき》だらけだった。

オレはクナイで受けた。

刃《やいば》と刃がぶつかって、火花を散らす。

「きみになにがわかる!」鰆目が吼《ほ》えた。「葵《あおい》ザンキが道影《みちかげ》になったら、この里はまた戦をやるんだぞ!」

「戦はなくなんねェ!」オレはクナイで、やつの太刀をはじき返した。「なんでかわかるか⁉ あんたみたいなやつらの悲しみが集まって、どんどん大きくなって……そんで葵ザンキに取《と》り憑《つ》いて復讐をさせるからさ! どんな立派な大義名分《たいぎめいぶん》があろうがなあ、戦の本当の理由ってのは復讐なんだよ!」

「!」

そのまま二手、三手と打ち合った。闇に火花が飛び、金属のぶつかり合う音が谺《こだま》した。

同時に打ちこみ、同時に跳《と》び退《すさ》る。

「オレはバカだから、上手《うま》く言えねェけどよ……」オレは呼吸を整えながら、やつをにらみつけた。「戦ってのは、一部の偉いやつがやろうって決めてできるもんじゃねェんだ……あの戦のときだって、里中が油隠《あぶらがく》れのやつらをぶっ殺したくてウズウズしてた。オレだってそうだったよ」

「それはきみらが道影の嘘《うそ》を信じたからでしょう……戦に負ければ油隠れの里はわたしたちを奴隷《どれい》にしてしまう、男は殺され、女は慰《なぐさ》みものになってしまう――」

「油隠れのやつらの頭にゃ角《つの》が生《は》えてて」オレはかぶせた。「口にゃ牙《きば》があって、子供の肉が大好物ってやつだろ?」

「……………」

「ああ、オレもそんな嘘を信じてたよ。だけど、戦のとき、それが嘘だって言ってくれた大人《おとな》はひとりもいなかったぜ。あんたはどうだ?」

鯖目が目を剝《む》く。

「オレはいまだってオヤジを殺したやつらが憎い」オレは言った。「油隠れの里はもう存在しねェけど、次にまたどっかの里と戦が起こりゃ、オレは敵を油隠れのやつらと思って戦うかもしんねェ。オレのオヤジを殺さなかったやつらに、復讐しちまうかもしんねェ……オレらのそういう感情があるかぎり、いずれまた戦は起こるんだ」

「だから……この悲しみを、この苦しみを忘れろと？　無関係な者に怒《いか》りをむけてしまわないために」

オレは身構《みがま》えた。

「だとしたら……」その声はかすれていた。「わたしは運がいいのかもしれませんね」

「運がいい……？」

「わたしが復讐を誓《ちか》った相手は、無関係な者ではありませんから」

その口ぶりで、この男を説得するのは無理だとオレは悟《さと》った。復讐に取り憑かれた鮪目にかけるべき言葉を、オレはもう持っていなかった。

鮪目がダンッと踏みこみ、太刀を打ち下ろしてくる。

オレはクナイで防ごうとしたけど、やつの蹴《け》りが鳩尾《みぞおち》に入って、吹き飛んでしまった。

「！」

その拍子《ひょうし》に、懐から巻物が落ちる。

「きみは正しいのかもしれません」体をふたつ折りにしてゲホゲホ咳《せ》きこむオレの目に、巻物を拾い上げる鮪目が映《うつ》った。「きみのように怒りを飼《か》い馴《な》らすことができれば、わたしももう少し楽だったかもしれません」

「そ、そりゃちがうぜ、鯖目先生よ……あんたのほうこそ、楽な道を選んでるだけなんだ」

「楽な道……？」

「そうさ……復讐ってのは、一番楽な道なんだ」

「そんなのは、臆病者《おくびょうもの》の言《い》い訳《わけ》ですよ」やつが冷笑した。「きみは復讐をしない言い訳をしているだけです」

「違う！」

「わたしは全世界を敵にまわしても、葵ザンキを討《う》つと誓いました」巻物の紐《ひも》をほどきながら、鯖目は言葉を継《つ》いだ。「愛する鯖目学校の教え子たちの命を引《ひ》き換《か》えにしても、わたしはやらねばならなかった……それを楽な道と呼ぶなら、好きに呼んでくれてかまいません」

やつは巻物を広げた。

オレは跳び退って、体を丸めた。


ドンッ！

爆音が轟《とどろ》き、閃光《せんこう》が闇を走った。

ふりむくと、鮪目の体が炎に包まれていた。

「やった！」

ぐぬぬぬ、偽物《にせもの》だったか、巻物のなかに起爆札《きばくふだ》を仕込むとは敵ながら天晴《あっぱれ》——オレはそんな言葉を期待したけど、炎のなかの鮪目は不思議そうに自分の体を見ているだけだった。

オレは目を擦《こす》った。

炎の粒子《りゅうし》がにわかに荒くなったかと思うと、次の瞬間、サラサラの砂になって鮪目の足元に落ちていった。

「なっ!?」

「鉏飾院《そさいいん》にはまだ謎が多いんです」鮪目は火傷《やけど》ひとつ負《お》っていない。「おそらく術者が……つまり契約者が死ぬことは、鉏飾院《そさいいん》にとって損失となるのでしょう」

「じゃ、じゃあ、あんたには手出しできねェってことかよ？」

「どうやらそのようですね」

「その契約ってのは、どうやったら解除できるんだ？　どんな契約だって、解除する方法はあるはずだぜ」

「ええ、ありますよ」

「！」

「術者が亡《な》くなった肉親と再会することができれば、契約は消滅します」

「なっ！　なに言ってんだ……死んだ親兄弟なんかと再会できるわけねェじゃねェか！」

「そう、つまり解除は不可能だということです」

「……っ！」

「さて、本物の契約書はどこですか？」

「ヘッ！　あんなもん、このヤイバ様が燃やしてやったぜ！」

「燃やした……？」

「ざまあみやがれ！」

「そうですか、燃やしましたか……」

鯖目は悲しげに顔を伏《ふ》せ、それから手早く印《いん》を結んだ。

闇が揺らめいたと思う間もなく、白い着物を着た回収係が、煙のように現れた。

「わっ！」

突然視界を占《し》めた無表情な顔に驚いて、オレは思わず尻餅《しりもち》をついてしまった。

「……？」

回収係はしばらくオレを見下ろして立っていたが、攻撃してくることもなく、それどころか、くるりと背中をむけてしまった。

「安心しなさい、それは回収係ではない」

「回収係じゃねェって……」オレは茫然《ぼうぜん》と鮪目を見やった。「じゃあ、こいつはいったい……」

「それは契約係です。よく見てください、額《ひたい》の宝石が赤ではなく青でしょ?」

言われてみれば、たしかにそうだ。

「け、契約係……」

「契約書というものは、双方の合意さえあれば、何度だって再発行できるんですよ」

「……ッ!」

「以前の養子契約がまだ少し残っていますしね」そう言いながら、鮪目は親指の腹を噛み切り、契約係が差し出した紙に、自分の血をなすりつけたのだった。「さて、これで仮契約完了です」

するとと契約係が揺らめき、蜃気楼《しんきろう》のようにかき消えたんだ。

「よ、養子契約……? どういうことだよ、養子って?」

「キョウさんたちに書かせたのは、養子契約ですよ」鮪目が言った。「鉏餝院《そさいいん》を発動する代償《だいしょう》は、術者の血筋《ちすじ》の者の命です。だから、わたしは鮪目学校の教え子たちに、わたしの養子になる契約書を書かせたんです。先代の道影も養子を増《ふ》やしておけば、ご子息《しそく》を鉏餝《そさい》院《いん》に取られることもなかったのに」

「て、てめェ……」オレは奥歯を噛みしめ、拳《こぶし》を固めた。怒りで体が震えた。「なんてことしやがったんだ」

鯖目は動かなかった。憐《あわ》れみたっぷりに、オレを見つめるだけだった。

そのかわり、またさっきの契約係が現れた。

「そのろくでもねェ契約はまだ済《す》んでなかったのかよ？」

「今度のは回収係ですよ」

たしかに、額の宝石が赤い。

「仮契約が済んだので、以前の契約を履行《りこう》するために出てきたんです」

「なっ！　なにぃいいいいい!?」

回収係の腕が、毒蛇のようにのびてくる。

虚を突かれたオレは、なんの反応もできなかった。

縄《なわ》を結《ゆ》わえつけたクナイが、玄関を破って飛びこんできたのは、そのときだった。縄がオレの体にグルグル巻きつく。そのまま、恐ろしい力でグイッとひっぱられた。

「!?」

回収係の腕が空《くう》を切る。

うしろむきに飛んでいったオレをガッシと抱き止めたのは――

「ザンキ！」

オレと鰆目の声が、重《かさ》なった。

「ここを張っていれば、いずれあなたが現れると思っていた」二日前の戦闘で左腕を失っている葵ザンキは、黒い忍装束《しのびしょうぞく》に身を固めていた。「話は聞かせてもらった。鉏飾院《そさいいん》を解除する方法が、実際には存在しないこともわかった」

「ここで会ったが百年目……」鰆目が凶暴に歯を剝《む》く。「いまこそ息子の仇《かたき》を……」

「わたしは逃げも隠れもしない」ザンキがさえぎった。「しかし、ここは手狭《てぜま》だ。騒ぎが大きくなれば、巻《ま》き添《ぞ》えを食う人々が出てくる。それは命の尊《とうと》さを説《と》くあなたの望むところではないはずだ」

「………」

「場所を変えよう。半時《はんとき》後に河原へ来い」

「罠《わな》じゃないだろうな？」

「部下たちをむやみに危険な目に遭《あ》わせるのは、わたしの趣味ではない」片腕でオレを抱《かか》えて飛び去る前に、ザンキはそう言い残した。「これはわたしとあなたの問題だ」

3

寝静まった里の家並みが、眼下を流れてゆく。

ザンキは片腕でオレを抱きかかえたまま、いくつかの屋根を跳《と》び移《うつ》り、だだっ広《ぴろ》い空《あ》き地《ち》に降り立った。

「すまねェ……」自由になったオレは、すぐさまやつにむき直った。「おかげで命拾いしたぜ」

「あの娘《こ》は？」と、ザンキが問う。「道影殿《みちかげでん》の完成披露《ひろう》のときに、きみが連れていた娘だ……きみたちは、いっしょに暮らしているのだろ？」

「ああ……あいつなら、ヒョウキチってやつんちにかくまってもらってる。しつこく残るって言い張ってたけど、無理矢理行かせた」

「そうか」ザンキがうなずく。「では、きみもそこへ行け」

「……え？」

「きみはこの件とは無関係だ。さっきも言ったが、これはわたしとあの老人の問題だ」

「冗談じゃねェぞ！」血《ち》の気《け》が一気に脳天を衝《つ》き上《あ》げた。「こっちだって大切な仲間を殺されてんだ！」

「きみはさっき、自分で言っただろう。『どんな立派な大義名分《たいぎめいぶん》があろうが、戦《いくさ》の本当の理由ってのは復讐なんだ』と……もう忘れたわけではあるまい？」

「……ぐっ！」

「同感だよ」ザンキが言った。「その復讐心を克服《こくふく》しないかぎり、戦は永遠に起こり続ける」

「けどよっ！」

ザンキは待ったが、オレはなにも言えなかった。やつの言うとおりだ。鰆目《さわらめ》には偉そうな口をたたいたが、オレ自身、チクの復讐に取《と》り憑《つ》かれている。

オレと鰆目は、同じ穴のムジナだった。

やり場のない怒《いか》りが、体のなかで暴れた。復讐ってのは、一番楽な道なんだ——自分の声が耳のなかで、わんわん鳴った。

どうしたら、この苛立《いらだ》ちを終わらせることができるのだろう？

どうしたら、みんながゲラゲラ笑い合いながら暮らせるんだ？

オレは真剣に考えてみた。足《た》りない頭で、必死に考えた。だから、だと思う。唐突《とうとつ》に、ザンキのやろうとしていることを理解した。

「あんた……鰆目のじじいにぶっ殺されるつもりなのか?」

ザンキの目に、悲しみの色がよぎった。

「ふざけんなよ……」オレは声を荒《あら》らげた。「あんたがいなくなったら、里は……この里はどうなるんだよ!?」

「わたしが彼の息子《むすこ》を殺したのは事実だ」その声は、それまでオレが聞いたどんな声よりも正直で、ありのままで。「そして、彼はけっして悪い人間ではない……わたしを討《う》てば、おそらく自害するつもりでいる」

「!?」

「そうすれば、鉏飾院《そさいいん》を使える者はいなくなる」ザンキは静かに言葉を継《つ》いだ。「里のことを思うなら、いまはそれこそが最重要ではないかね?」

「オ、オレが行く!」

「………」

「オレが鰆目をひっ捕《と》らえてくっからさ!」

「きみでは無理だ」

「これから道影になろうってやつが、そんな簡単に命を投げ出していいのかよ!?」

「………」

「そりゃあ、オレにだって……いまはどうしたらいいかわからねェ」オレはザンキにすがりついた。「チクのことを考えたら、鰆目をぶっ殺したくてたまらなくなる……だけど、なんか方法はあるはずだろ？　時間はかかるかもしんねェけど……いまは死ぬほど苦しくても、ぜってーなんか方法があるはずだって！」

「ふむ」ザンキは思《し》案《あん》顔《がお》になり、「きみの言うことにも一理あるな」

「そうだろ！　だから……」

ビシッ！

手刀が、オレの首筋《くびすじ》を打った。

「!?」

急所に精確に打ちこまれたその一撃のせいで、オレはドサリと地面に倒れた。

「みんながきみのようなものの見方をすれば……あるいは本当に、この世界から戦をなくせるのかもしれんな」

それが意識を失う前に、オレが耳にした葵《あおい》ザンキの声だった。

4

オレが気を失っていたのは五分、長くてもせいぜい十分くらいだった。

それでも、河原に駆けつけたときには、全《すべ》てが終わりかけていたんだ。

「そ、そんな……」

それ以上、言葉が出てこなかった。

背の高い草が、風に吹かれてザワついていた。西の空に落ちかけた三日月を、雲がよぎってゆく。サラサラと流れる川のせせらぎ。魚が跳《は》ねる音がした。

そんな穏《おだ》やかな夜の下で、ザンキはひっそりと倒れていた。ほどけた長い髪が、風になぶられていた。

オレは月明かりに照らされたそのボロボロの体を、土手の上から認めた。川辺《かわべ》に立《た》ち尽《つ》くしている鰙目《さわらめ》の影が、いやに黒く見えた。

ほとんど麻痺《まひ》している頭でも、いくつかのことがわかった。

鰙目は鉏《そ》篩院《さいいん》を使って、ひと思いにザンキを殺したのではない。もしあの鋼鉄の篩《ふるい》でやられたのなら、ザンキの体は砂になっちまっているはずだ。

「鰆目！」気がつけば、オレはクナイを握《にぎ》りしめ、雄叫《おたけ》びをあげて突進していた。「うおおおおおおおおお！」

鰆目は無抵抗のザンキをなぶり殺しにした。このじじいはチクを殺し、ミナミを殺し、キョウを裏切り、そしていま、オレたちの道影《みちかげ》になるべき女を殺した！

鰆目は動かなかった。

「うおおおおおおお！」

クナイをやつの心臓に突き刺す――もしオレのクナイが砂になってこぼれ落ちてしまわなければ、本当にそうしていたかもしれない。

「！」

次に、ささやき声のような子守唄が聞こえた。

鰆目の姿がぐにゃりとゆがみ、白い着物を着た回収係がユラユラとオレの前に立ち現れた。額《ひたい》の赤い宝石が光っているように見えた。

「チィ！」

とっさに跳《と》び退《すさ》ったオレを、しかし、回収係は追撃しなかった。

「ザンキさんはなあ……」オレは敵をにらみつけた。「あんたに殺される覚悟で、ここに来たんだぞ」

沈黙のなかを、風が吹きぬけた。

「それしか……それだけしか、この憎しみの連鎖《れんさ》を終わらせる方法はねェって思ってたんだ……満足したかよ？」

鰆目の体がビクッと強張《こわば》った。

「息子《むすこ》の仇《かたき》が討《う》てて、これで満足したのかよ？」

顔を伏《ふ》せた鰆目は、大きな影に呑《の》みこまれているみたいだった。オレはそれ以上、やつを追いつめるべきじゃなかった。だって、じじいからは、なんの殺気も感じられなかったんだから。

鰆目は、正気と狂気のはざまにいた。

復讐の悦《よろこ》びと激しい後悔《こうかい》のあいだで、揺れ動いていた。

もしオレがもっと頭がよくて、もっと正しいことが言えていたら、もしかすると鰆目はあっち側へ……狂気のほうへ堕《お》ちていかなかったかもしれない。

なのに、オレはバカで、頭のなかがどうしようもなく煮《に》え滾《たぎ》っていて、けっきょくやつに最後のひと押しをしてしまったんだ。

「オレは……オレは、あんたと同類になりたくねェ」

「………」

「復讐は一番楽な道だ」嚙《か》みしめた歯のあいだから、声を押し出した。「オレの全存在をかけて、それを証明してやるよ」

鯖目の体が小刻《こきざ》みに震えた。

はじめは、やつが泣いているのだと思った。

だけど、そうじゃなかったんだ。

クックックックック……という忍《しの》び笑《わら》いが耳朶《じだ》を打った。その小さな笑い声は、油をそそいだ火のようにぐんぐん育ち、たちまち取り返しがつかないくらい大きくなった。

「息子の仇が討てて満足したか？」と、笑いながら続けた。「はぁい、満足しましたよ」

「!?」

背筋《せすじ》をゾクッと悪寒《おかん》が走った。

それは鯖目が、狂気の淵《ふち》へと堕《お》ちた瞬間だった。

「その女は……葵《あおい》ザンキは抵抗しませんでしたよ」その笑い声とは裏腹に、やつの双眸《そうぼう》は氷のように冷《さ》めていった。「わたしに殺されるかわりに、里には手出ししないでほしいと懇願《こんがん》していました」

「……っ！」

「里？」またひとしきり腹を抱《かか》えて笑う。「わたしが里に手を出すとでも？　なんのために？　愛する者のいない里など、もはや砂漠と同じじゃないですか」

「笑うな！」オレはがなった。「ザンキさんを、バカにすんじゃねェ！　愛するやつがいねェのは、てめェがそいつらを……鯖目学校のやつらを悪魔に売り渡したからじゃねェか！」

やつの顔で笑《え》みが凍《こお》りついた。

「ザンキさんはなあ……てめェがバカにしてる、その砂漠に花を咲かせようとしてんだよ！」たたみかけた。「カラカラに乾《かわ》いてるてめェの心にも、どうにか花を咲かせようとしたんだ！」

「だったら……わたしは、砂漠に花なんか咲かないことを証明してあげますよ」

やつの目がギラリと光り、素早《すばや》く印《いん》を結ぶ。歯で親指に傷をつけ、その手を地面にたたきつけた。

「出《い》でよ、鉏《そ》飾院《さいいん》！」

回収係が、陽炎《かげろう》のように揺らめきながら消えてゆく。

続いて、爆音が轟《とどろ》いた。

ドォオオオオオオン！

白煙を突き破って、鋼鉄の篩《ふるい》をふり下ろす鬼婆《おにばば》の姿が、月光に透《す》けて見えた。

「！」オレもサッと印を結び、最大出力で術を繰《く》り出《だ》す。「火遁《かとん》・火廻《ひまわり》！」

もしも篩《ふるい》が道影殿《みちかげでん》を半壊《はんかい》させたときほど大きかったら、オレの術なんて屁《へ》のつっぱりにもならなかっただろう。

が、このときの爼篩院《そさいいん》は、あのときほど大きくなかった。

火廻で、鋼鉄の篩《ふるい》がほんの少しだけ押し戻される。

その隙《すき》に、オレはバク転で逃《のが》れた。

篩《ふるい》が河原の土をガッサリすくい取り、サラサラの砂にした。えぐられた土手に、直径二メートルほどの穴がポッカリと開いた。

「仮契約では、やはりこの程度ですか」鯖目の苛立《いらだ》たしげな声が耳に入った。「生贄《いけにえ》の数も足《た》りないのでしょう」

オレは体勢を立て直し、次の攻撃に備《そな》えたけど、一瞬、篩《ふるい》を見失ってしまった。

「左だ！」

「!?」

考える前に、体が反応していた。のけぞったオレの体すれすれを、篩《ふるい》がかすめていった。

「ザンキさん！」

「油断《ゆだん》するな！」傷だらけのザンキが吼《ほ》えた。「十時の方向だ！」

オレはその言葉に従って、火を噴《ふ》いた。

篩《ふるい》が押しのけられる。

「生きてたのか、ザンキさん！」

「土遁《どとん》・命花《メイフラワー》！」印を結び終えた葵ザンキは、地面に掌《てのひら》を押しつけているところだった。

「狂い咲け、野辺《のべ》の花たちよ！」

篩《ふるい》が続けざまにふり下ろされ、オレは休む間もなく飛《と》び跳《は》ねながら逃げまわった。まるで蠅《はえ》たたきに狙《ねら》われる蠅にでもなったような気分だった。

地面のくぼみに足を取られ、バランスを崩《くず》す。

「……チイッ！」

半透明の鬼婆が横ざまに篩《ふるい》を払う。

もし地面から草や茎《くき》がグングンのび出して篩《ふるい》にからみついてくれなければ、このヤイバ様も一巻の終わりだっただろう。

緑色の茎は、色とりどりの花をつけながら、篩《ふるい》をがんじがらめにした。

「サンキュー、ザンキさん！」

「長くはもたん！」

そのとおりだった。

鬼婆が腕をひねると、花たちが篩《ふるい》にかけられて砂に変わった。

「ちくしょう、どうすりゃいいんだよ!?」

「鮪目を拘束《こうそく》する！」

ザンキが叫ぶが早いか、地面から次々に植物がのび出して、まるで鞭《むち》のように鮪目に襲いかかった。

鮪目が目を剝《む》く。

が、花たちがやつをからめ取ったと思った刹那《せつな》、またしても砂になって崩れ落ちてしまったんだ。

「！」

鮪目のうしろには、額に青い宝石のある契約係が控《ひか》えていた。

「回収係か！」

「いや、あれは契約係だ！」オレは声を張った。「あいつは鮪目を守ってるだけで、攻撃はしてこねェ！」

打ち下ろされる篩《ふるい》を二度ほどかわしたところで、ザンキががなった。

「あの篩《ふるい》には鉏《そ》飾《さい》院《いん》の魂《たましい》が乗り移っている！」

「じゃあ、あれをぶっ壊しゃいいのか!?」

「わからん！」

「は、はあ？」

「だが、それしか思いつかん！」

「ちくしょう……」空中に逃《のが》れながら、オレはつぶやいた。「こんなところで使いたくなかったけど、こうなったらしょうがねェ……」

「な、なにをする気だ……？」

「親父《おやじ》の命を奪《うば》った術さ」

「！」

オレは手早く印を結んだ。


申《さる》！

辰《たつ》！

戌《いぬ》！

酉《とり》！

「火遁・類人炎《るいじんえん》！」

体が、ボッ、と発火した。炎と化した髪が、頭の上で躍《おど》っているのが感じられる。比喩《ひゆ》ではなく、体中の細胞が燃えあがった。

「そ、その術は……」ザンキが目を見張る。「きみは、焔《ほむら》ツツジの息子だったのか」

「オヤジにゃ、いざってとき以外使うなって言われてたけどな……ああ、オレたち一族の血継限界《けつけいげんかい》さ」オレは炎のカーテンを透《す》かして、ザンキを見やった。「こいつを使うと細胞が急速に劣化《れっか》する……寿命を何年か持ってかれちまうんだ」

鬼婆が篩《ふるい》をたたきつけてくる。

「危ない！」

ザンキの声を聞きながら、オレは鋼鉄の篩《ふるい》が体をすりぬけていくのを感じた。それまでぼんやりとしか見えなかった鬼婆の姿が、いまはハッキリ見える。

「!?」

「火は四元素……つまり、万物の根源をなす四要素のひとつ」鰆目に顔をふりむける。

「いまのオレは、火と同じなんだ」

泡食った鰆目が後退《あとずさ》りする。

「さてと」オレはやつをにらみつけた。「あんたを守る砂とオレの火、どっちが強いか試してみようぜ」

5

黒い牙《きば》を剝《む》いて、鬼婆《おにばば》がなにかつぶやく。すると、持ち直した篩《ふるい》から砂がドドドッと溢《あふ》れて、オレに襲いかかった。

「！」

火が四元素のひとつなら、土だってそうだ。オレにだけ鬼婆が見えるのは、そういうことだったのか。すかさず炎にチャクラを練《ね》りこみ、槍《やり》のように尖《とが》った砂を迎え撃つ。

ドンッ！

炎と砂が空中で衝突した。
鬼婆が牙を嚙《か》みしめ、オレは炎にチャクラを送りこみ続けた。
「うおおおお！」

炎が砂を押したかと思えば、砂がまた押し返してくる。ちょっとでも気をぬけば、砂の槍がオレをぺちゃんこにしてしまうだろう。

腰を落として踏ん張るオレの目の端《はし》に、鰆目《さわらめ》に挑《いど》みかかるザンキが映《うつ》っていた。が、ザンキがいくら仕掛けても、契約係がまったく寄せつけない。ザンキの放つ植物の荒縄《あらなわ》は、次々に砂となって散っていった。

炎と砂の押し合いは、五分《ごぶ》と五分のまま、時間だけがいたずらに過ぎていった。

まずいな……顔から汗をしたたらせながら、オレは思った。この術って、それほど長く発動できねェんだよな。

鬼婆がなにかつぶやく。

すると、砂の勢いがグッと増した。

「⁉」うしろに滑《すべ》ってゆく足を踏ん張り、どうにか持ちこたえた。「うおらあああああ！」

「無駄《むだ》ですよ」鰆目がザンキにそう言っていた。「契約書が有効であるあいだは、何人《なんぴと》たりともわたしを傷つけることはできません」

こっちはこっちで、一進一退の攻防が続いていた。

鬼婆の白い着物を透《す》かして、オレはあの日のお袋を見ていた。あのとき、オレはまだ五つか六つだった。お袋が暗い部屋のなかで、哭《な》いていた。お父さんが死んだの、トウ。お袋はそう言った。仲間を守るために、自分が火になって、敵といっしょに燃えちゃったのよ。

てことは、オレもこのまま燃えちまうのかもな。オレは鬼婆をにらみつけた。ヘッ、上等だぜ。

それから、キョウやチクのことを考えた。むかしみんなで食ったラーメンの味を思い出して、笑いだしそうになった。

体は文字どおり焼けるほど熱いし、もうほとんどチャクラは残ってない。オレに残されているのは、仲間たちとの思い出だけだった。

「うおおおおりゃあああああああ！」

どうやら、気合ではオレが優《まさ》っていたようだ。炎がジリジリと砂を押しはじめると、鬼婆の顔に困惑《こんわく》の色が浮かびあがった。

同時に、焼けた砂が赤く光りはじめた。

限界だった。霞《かす》む視界のなかで、キョウが笑っていた。チクが笑っていた。オレが笑っていた。

口から黒い煙を吐《は》きながら、オレはありったけのチャクラを放出した。カラカラの雑巾《ぞうきん》を絞《しぼ》っているみたいだった。

白熱した砂粒が炎にまかれる。

鬼婆が目を剝く。

「オレらは……オレらは天下無敵の夾竹桃《きょうちくとう》だぁあああああ！」オレは限界を突き破って、全身全霊を炎にこめて鋼鉄の篩《ふるい》にたたきつけた。「いっけぇえええええええ！」


ドォオオオオオオン！


激しい爆風が、オレを吹き飛ばす。

火柱が篩《ふるい》を貫通《かんつう》したが、オレの目にはもう、なにも見えていなかった。

体中から煙をくすぶらせながら、そのまま土手に倒れこんだ。

「バ、バカな！」鰆目の声が、かすかに聞こえた。「そ、鉏《そ》篩院《さいいん》が破られるとは！」

やったのか？

わからなかった。

ただ、瞼《まぶた》が鉛《なまり》みたいに重たくて、目を開けていられなかった。

父《とと》さまを呼んだらよお
姉《ねえ》やを連れてった
母《かか》さまを呼んだらよお
兄《にい》やを連れてった
鬼が来るときゃよお
よい子はおめめ閉じて
お口むすんで
ねんねしな
だってよお
声は血より重いからよお
声がないなら血で払え

キョウの歌声が聴《き》こえたような気がして、薄目を開ける。

「！」

見開いたオレの目に飛びこんできたのは、キョウのやさしい笑顔ではなく、回収係の無表情な顔だった。

ああ、そっか……鉏飾院《そさいいん》が消えりゃ、こいつがやってきて命を回収していくんだっけ。

「逃げろ！」ザンキが遠くで叫んだ。「逃げるんだ！」

そうしたくても、チャクラはもう一滴も残ってない。指一本動かせそうになかった。

回収係がオレの命を取るために、手をのばしてくる。

絶体絶命。

万事休す。

なのに、オレは妙に可笑《おか》しくなって、笑いだしてしまったんだ。

「待てっ！」

鯑目が命じると、回収係の手がオレの鼻先三センチのところでピタッと止まった。

「なにが可笑しいんですか？」

「さあな」オレは笑った。「もしかすっと、せめて笑いながら死にてェって思ってんのかもな」

「その子は関係ない！」ザンキの声だ。「あなたの標的はわたしのはずだ！　殺すなら、わたしを殺せ！」

「心配しなくても、あとでちゃんと殺してあげますよ」

「ザンキさんは……どうなってんだ？」

「この期《ご》に及んでも、他人のことが気になりますか?」鰆目がクナイをオレに見せた。「このクナイには毒が塗ってあります」

「なるほどな……さっきザンキさんを痛めつけたときに、そいつで切ったんだな」

「わたしは用心深い性質《たち》なのでね」

「おい、ザンキさんよお!」オレは声を張りあげた。「どうやら、ここまでのようだな……オレはもう動けねェや!」

「最期《さいご》にきみのような少年に出会えて、よかった」と、ザンキ。「あの世には戦《いくさ》などなければいいな」

「お別れはすみましたか?」鰆目が冷《ひ》ややかに言った。

「ああ」と、オレ。「このヤイバ様もこれまでだ」

「きみには何度も言っているでしょう?」鰆目が鼻で笑う。「きみはヤイバではありません。きみがそんな通り名に執着《しゅうちゃく》するたびに、わたしには本当のきみが何者かを思い出させてあげる責任があります。たとえこれから死にゆく身だとしてもね……きみはトウさんです。ヤイバなどではなく、トウさんです」

回収係が二度、まばたきをした。その無表情な顔に、一瞬、戸惑《とまど》いがよぎったように見えた。

「お別れです、トウさん」

回収係が、青白い腕をふり上げる。

オレは、目を閉じなかった。この世での最後の風景を、しっかり見ておきたかった。オレとキョウとチクが、ガキのころによくいっしょに遊んだ、この河原を瞼《まぶた》に焼きつけて逝《い》きたかった。

くそ、オレはやれるだけのことは、やったのかな……？

命を奪《うば》う腕がのびてくる。

が、長い爪《つめ》を生《は》やしたその手がズブッと沈みこんだのは、オレの胸じゃなかった。

「!?」

「かはっ！」口を大きく開けて空気を貪《むさぼ》る鰭目の顔は、オレに負けず劣《おと》らず疑問符に塗りつぶされていた。「な、なぜ……」

回収係の前腕《ぜんわん》がボコッとふくらむ。まるで獲物《えもの》を呑《の》みこんだ蛇《へび》のように、そのふくらみは腕を伝ってのぼり、ぼんやりと光りながら、白い着物のなかへ消えていった。

「いったい、なにが……」

それが、鰭目の最期の言葉だった。

死を司《つかさど》る青白い腕が胸から引きぬかれると、真っ白になった鰭目がドサッと倒《たお》れ伏《ふ》した。

オレはびっくりしすぎて、口もきけなかった。

回収係が立ち上がり、ゆっくりと鰆目から離れてゆく。小さく鼻唄を、あの子守唄を口ずさみながら漂い、やがて煙のように消えてなくなった。

あとには川風と、草のざわめきと、せせらぎの音と、そして鰆目の死体だけが残った。

「さっき、鰆目は言っていた」背後で声がした。「『術者が亡《な》くなった肉親と再会することができれば、契約は消滅する』と……それとなにか関係があるのか？　それに、なぜ彼はきみのことを『父さん』と呼んだんだ？　そうか、きみの名はたしか……」

「……！」

子守唄だ！

それが、真っ先にオレの頭に閃《ひらめ》いたことだった。鰆目は最後に、オレの名を呼んだ。そう、「トウさん」と。

父《とと》さまを呼んだらよお
姉《ねえ》やを連れてった

鰆目はあの歳《とし》だ、オヤジなんかとっくに死んでいるに違いない。なのに、オレのことを父さんと呼んだ。

つまり、やつは死んだ肉親を呼んだんだ！

くそ、そういうことだったのか……あの回収係は、ずっとオレたちに契約解除のヒントをくれてたんだ！

声は血より重いからよお

声がないなら血で払え

父親が殺されるとき、鉏《そ》飾《さい》院《いん》は声が嗄《か》れるまで叫んだに違いない。父《とと》さま、父さま、と。だけど、好色者《こうしょくもの》の領主は父親の首を刎《は》ねた。彼女はどれだけくやしかっただろう。どれだけ悲しかっただろう。そして、死にゆく肉親をただ呼びつづけることしかできない己《おのれ》の無力を、どれほど呪《のろ》っただろう。鬼になってもその想《おも》いは消えることはなく、彼女はいままでも自分を責《せ》めつづけているんだ。

オレは動かない体に鞭打《むちう》って、どうにか葵《あおい》ザンキが倒れているところまで這《は》っていった。

「だ、大丈夫か……ザンキさん」

「どうにかな……体の毒は、あらかた自力で無毒化できた」ゼェゼェあえぎながら、ザンキが言った。「それより、なぜ鰆目は……」

「やつは自分で契約を解除しちまったんだ……そんで、たぶん、ペナルティを課せられたんだ」

「……」

「だってよ」ニヤリと笑う。「契約って、そういうもんだろ?」

ザンキはなにか言《い》い募《つの》ったけど、オレはもう聞いちゃいなかった。

バタンと倒れこむと、そのまま死んだように眠っちまったからさ。

オレが憶《おぼ》えていることといったら、焼けた体に夜風がやたらと心地よかったことだけなんだ。

エピローグ

イチャイチャ

鉏飾院《そさいいん》に破壊された道影殿《みちかげでん》の修復はまだ済《す》んでなかったけど、五月も終わりかけのあるよく晴れた日に、葵《あおい》ザンキは正式にオレらの道影になった。

片腕の道影なんか、って陰口《かげぐち》をたたくやつもいたけど、オレは満足だった。

オレとキョウも招待されて、就任式《しゅうにんしき》へ出かけていった。

そこで、ザンキから直々《じきじき》に、自分の部下になってほしいとたのまれた。

「トウの気風《きっぷ》が気に入ったって……本当にそれだけですか？」キョウが疑わしげに目をすがめた。「なんか、話がうますぎる気がするんですけど」

ザンキが小首をかしげた。

「失礼ですけど、トウはあなたよりずーっと若いですから。もう親子くらい歳《とし》が離れてるんですからね」

「………」

「それにバカで、口ばっかり達者で、頭んなかはエロいことしか詰《つ》まってないんです。お風呂だって覗《のぞ》かれちゃうんですから！」

「てめっ……キョウ、なんてこと──」

「ああ、なるほど」と、ザンキ。「安心しろ。わたしは年下にはなんの興味もない」

「は、はあ？　だれもそんなこと言ってませんけど？」

「道影の身となったからには、私心《ししん》はいっさい捨てている」

「………」

「信じてほしい……わたしは頭のなかに……その、なんだ……エロいことしか詰まってない男などに興味はない」

ザンキがそう言うと、キョウのやつ、掌《てのひら》を返したみたいに小躍《こおど》りしてよろこんだんだ。

「すっごいじゃん、トウ！　道影様の直属なんて、エリート中のエリートだよ！」

「トウくん……きみには、わたしの秘書になってもらいたい」道影の羽織《はおり》を肩にかけたザンキが、しかつめらしく言った。「もちろん、一年以内に上忍《じょうにん》になってもらう必要がある……しかし、問題はなかろう。きみはすでに中忍《ちゅうにん》の実力はある」

「なんでオレなんだよ？」

「きみなら……」新道影は、少し言いにくそうに声を落とした。「わたしが間違った判断を下したとき、命がけで止めてくれると思ったからだ」

オレはうなずいた。

「それじゃあ……」

「いや」と、オレは言った。「せっかくだけど、オレ、やりたいことができたんだ」

「やりたいこと？」

「ああ」キョウを親指でさす。「こいつとふたりで、ラーメン屋を開こうと思ってんだ」

「ちょっ！　な、なに言ってんのよ、トウ！」キョウが色をなした。「ラーメン屋なんかより、道影様の仕事のほうがうんと大事でしょ！　そんなこともわかんないの、このバカ！」

「なんだと、こら」オレはキョウに顔をグッと近づけ、「バカとはなんだよ、バカとは！だいたい、お前がラーメン屋やろうって言い出したんだろうが！」

「バカだからバカって言ったのよ！」キョウは腕をふりまわした。「ラーメン屋なんか、あたしひとりでもできるから、あんたは道影様のありがたいお誘いを受けなさいよ！」

「ラーメン屋なんか？　いま、ラーメン屋なんかって言ったな？　ラーメンをバカにすんじゃねェぞ、このブス！　いいか、ラーメンってのはな、それはそれは奥深い技術と哲学と修練が必要なんだぞ」

「ブス？　ブスって言ったわね？　じゃあ、言わせてもらいますけどね、あんたはラーメンを買いかぶりすぎてんのよ」キョウは新道影にむき直り、「だいたい、なんで男ってあんなにラーメンにこだわるんですか？　こいつったら、ガンコオヤジの店をつくるんだって言ってんですよ。どう思います、道影様？」

ザンキは目を白黒させ、それからぷっと吹き出した。

「……………」

オレとキョウは顔を見合わせた。葵ザンキの笑ったところなんか、想像もできなかったからだ。

ザンキは声を立てて笑い、それから急に咳払《せきばら》いをして笑いを収《おさ》めた。どうやら、まわりの目を気にしているようだ。すぐにいつもの渋《しぶ》い顔に戻った。

「ところで、貉《むじな》アギトはどうしてる？」

「……………」

「心配するな。言ったはずだ、やつが奪《うば》った財宝はもともと鉏《そ》飾院《さいいん》の秘密を突き止めるために使うつもりだったと。きみのおかげで、わたしは知りたいことを知った。今回に限り、とがめだてはしない。しかし、貉アギトが次になにかやらかせば、そのときは容赦《ようしゃ》しない」

ザンキは言葉を切り、オレをじっと見つめた。

「そうか、ラーメン屋か……うん、きみらしいな」

オレはうなずいた。

「では、そのラーメン屋が開店したら、わたしも寄らせてもらおう」

「マジっすか！」

「しかし、わたしは諦《あきら》めたわけじゃない」〈四代目道影〉と書いてある羽織をひるがえして立ち去る前に、ザンキは少しだけ顔を和《なご》ませた。「また連絡をさせてもらうよ」

「おう、いつでも連絡してきな」

言い終わらないうちに、キョウに頭をゴツンとやられた。

「痛《いて》えな！」

「あんた、道影様にどういう口のきき方してんのよ！」

「いいか」オレは詰め寄った。「今度、人前でオレを殴《なぐ》ったら、承知しねェからな」

「承知しない？」ふん、と鼻であしらわれてしまった。「だったら、どうしようってのよ？あんたになにができるっての？」

「言ったなあ……」

「言ったが、なによ？」

「今日《きょう》という今日は、オレって男を教えてやるぜ」

「……？」

疾風《はやて》のように間合いを詰めると、オレはキョウの細い腰を抱き寄せた。

「ちょ、ちょっとやめてよ、トウ……」キョウが頬《ほお》を真《ま》っ赤《か》にして身をよじった。「こんなところで……みんな見てるじゃん」

「へぇえ、ここは人目を気にすんのかよ？」

「……」

「他人がどう思おうが、関係ねェ」オレは彼女の目をのぞきこんだ。「オレとお前がラーメン屋をやるって決めたら、ぜってーにやってやるんだよ」

「……うん」目を伏《ふ》せて、うなずく。「そうだね」

オレは指で彼女の顎《あご》を持ち上げた。

「……トウ？」

「人目なんか気にすんな」顔を傾け、唇《くちびる》を寄せる。「オレだけを見てろよ」

キョウがこくんとうなずく。目を閉じ、うっすらと唇を開いた。

オレたちの唇は、まるであらかじめ決められていたみたいに、自然に近づいていった。

彼女の甘い吐息《といき》が、鼻先をかすめる。

オレの心臓は、早鐘《はやがね》を打った。

が、あと一ミリで満願成就《じょうじゅ》というところで、キョウのやつが目をパチッと開けやがったんだ。

「なーんてね」

「……！」

「こんなことくらいで、クラッとくるわけないじゃん」


ドロンッ！


気がつけば、オレはまたしても白い煙を抱いていた。

「もーまたかよっ！」オレは激しく地団駄《じだんだ》を踏んだ。「オレが死なずに帰ってきたら、続きをさせてくれるんじゃなかったのかよ！」

横から胸倉《むなぐら》をグイッと掴《つか》まれた次の瞬間、視界いっぱいにキョウの顔が飛びこんできた。

「！」

風に舞うツインテールにすっかり心を奪われていると、まだ心の準備も整《ととの》わないうちに、唇にチュッとされてしまった。

オレはびっくりして、口をパクパクさせた。

「あははは」踊るように離れると、キョウは本当に楽しそうに笑った。「続きは家に帰ってからね」
それは五月も終わりかけの、あるよく晴れた日のことだったんだ。

著者紹介

自来也

木ノ葉隠れの里生まれ。妙木山での仙人修業を経て、執筆活動に入る。『ド根性忍伝』でデビュー。その他の著作に『イチャイチャパラダイス』などがある。

座右の銘は「座って半畳、寝て一畳」

岸本斉史

1974年11月8日生まれ。岡山県出身。'96年漫画『カラクリ』でデビュー。'99年より表題作にて週刊少年ジャンプ連載開始。15年にわたってジャンプのトップを走り続け、少年漫画の金字塔として国内外で絶大な支持を得る。

東山彰良

1968年台湾生まれ。第1回「このミステリーがすごい!」大賞銀賞・読者賞を受賞し、'03年『逃亡作法 TURD ON THE RUN』で作家デビュー。'09年『路傍』で第11回大藪春彦賞を受賞。'15年『流』で第153回直木賞候補。著書多数。

本書は書き下ろしです。

NARUTO-ナルト- ド純情忍伝

2015年8月9日 第1刷発行

著　者　岸本斉史◉東山彰良

編　集　株式会社 集英社インターナショナル
〒101-8050 東京都千代田区一ツ橋2-5-10
TEL 03-5211-2632（代）

装　丁　川畠弘行（テラエンジン）

編集協力　添田洋平（つばめプロダクション）

編集人　浅田貴典

発行者　鈴木晴彦

発行所　株式会社 集英社
〒101-8050 東京都千代田区一ツ橋2-5-10
TEL 03-3230-6297（編集部）
03-3230-6080（読者係）
03-3230-6393（販売部・書店専用）

印刷所　共同印刷株式会社

Printed in Japan ISBN 978-4-08-703371-7 C0093